U0473980

陈秋平 著

故事对话

光明日報出版社

图书在版编目（CIP）数据

故事对话 / 陈秋平著. -- 北京：光明日报出版社，
2016.8

ISBN 978 - 7 - 5194 - 1441 - 2

Ⅰ.①故… Ⅱ.①陈… Ⅲ.①编剧—研究
Ⅳ.①I053

中国版本图书馆 CIP 数据核字（2016）第 171621 号

故事对话

著　　者：陈秋平

责任编辑：曹美娜　朱　然　　　责任校对：赵鸣鸣
封面设计：中联学林　　　　　　责任印制：曹　净

出版发行：光明日报出版社
地　　址：北京市东城区珠市口东大街 5 号，100062
电　　话：010 - 67078251（咨询），67078870（发行），67019571（邮购）
传　　真：010 - 67078227，67078255
网　　址：http：//book. gmw. cn
E - mail：gmcbs@ gmw. cn　caomeina@ gmw. cn
法律顾问：北京德恒律师事务所龚柳方律师

印　　刷：北京天正元印务有限公司
装　　订：北京天正元印务有限公司
本书如有破损、缺页、装订错误，请与本社联系调换

开　　本：710 × 1000　1/16
字　　数：158 千字　　　　印　张：14
版　　次：2016 年 8 月第 1 版　　印　次：2016 年 8 月第 1 次印刷
书　　号：ISBN 978 - 7 - 5194 - 1441 - 2

定　　价：42.00 元

目　录
CONTENTS

故事怎样编

新编剧：陈老师，我想提一个傻问题，不知可以吗？

陈秋平：没有傻问题。你能有思考，并提出问题，从而寻找到解决问题的办法，就是聪明的。问题是什么？

新编剧：好的。我的问题是，怎么构思一个好故事？

陈秋平：这个问题其实提得很好，虽然很难回答。难回答，是因为这是一个大问题，范围太大，太宽泛，所以回答起来容易笼统，不容易对阵下药。但是这个问题提的人很多，也是多数人的困惑，包括编剧、导演、制片人、影院经理、电视台购片人员，都会遇到同样的困惑，所以也很值得探讨。据我自己的经验，故事的来源可能有两个，一个是看到或听来的，我将这个听来的故事复述一遍，或者我对这个故事进行了某种加工改造，然后讲给大家听；另一个故事的来源，就是编故事。可以将生活中的素材进行糅合，可以将几个故事进行拼接或发挥，也可以无中生有地编，这就是文学上说的那个“虚构”。毕竟，生活中现成的故事是有限的，尤其对于一个职业编剧来说，直接把听来的现成完整故事搬上荧屏的概率很小，所以我说，大多数故事是编出来的。

新编剧：是啊，这也是我们新编剧的苦恼。故事怎么编才能编得好呢?

陈秋平:怎样编一个好故事,肯定有诸多方面的条件和因素。比如:作者的生活阅历、哲学思考、美学积累、艺术修养、文学积累、写作训练、社会观察、市场分析……?就是说,一部作品的成功需要多种条件的聚集和叠加。当然,我们还需要技术,就是编故事的技术,编剧的技巧。前面那些我们都不好去说,那个叫“造化”,最后这个,我们可以探讨一下:编故事的技术。

新编剧:对,陈老师,我们很需要了解一些编故事的技巧。

陈秋平:于是,我想说的,不是怎样编一个好故事,而是怎样编故事。换句话说,就是探讨一下,故事到底是怎样编出来的。

新编剧:洗耳恭听。

陈秋平:好的,我来简单说说,一般而言,编故事是怎样进行的。

第一步,我把这一步叫作“寻找 A 点”。作为编剧,我们通常情况下有两种写作,一是自主创作,就是在没有任何人要我们写,我们自己要写。我们想写什么,就写什么;二是“命题作文”,就是一个订单,一次写作任务,委托方(甲方)已经给我们制定了题材、主题、投资大小、风格、类型、长度……,甚至为谁而写,演员是谁等等前置条件都决定了,就是量身定制。无论这两种写作形式中的哪一种,当我们面对打开的电脑,首先冒出来的依然会是一个相同的问题:我从哪里开始?我把这个阶段的工作叫作:寻找 A 点。

新编剧:这跟构思一个故事有什么必然的联系吗?

陈秋平:当然有!通常情况下,我们并不是提笔就写,而必须有一个构思的过程，有一个“打腹稿”的过程。这个时候我们具备太多的可能性，仿佛怎样写都可以，写什么都成，可以天马行空。实际上我们又觉得我们难以下笔。事情往往就是这样的，有了过多的选择，反而无法选择；别无选择，往往是最容易决策的。那么，这个 A 点怎样产生呢？语不惊人死不休！如果我们不能写出一些打动人心的东西，那些曾经感染我们，影响我们的故事，我们怎么去感动别人呢？

我个人的体会，无论是不是命题作文，都先在大脑里好好搜索一下，在决定动笔写之前，给自己提几个问题：曾经有什么事让我非常非常“怎么样”过？比如，什么曾经让我非常愤怒、非常悲哀、非常激动、非常开心？这样做，就是找到一个写作的激情，一个动力的来源。

首先，必须写你非写不可的东西——这就是出发点。我把它称为“A 点”。（假如我们把一个剧本从头到尾的各个起始点和转折点比喻成 26 个英文字母的话，起点就是 A，而重点则是 Z。）找到一个点，也许它很偶然，很短暂，很片面，它远远不是一个故事。它的呈现形式也许就是一个画面，一声叹息，一句话，一滴泪……，总之，就是曾经让你难忘的东西，必须找到这个。否则，假如你没有一点冲动和激情，你还写它干吗？自主写作，真正原创，都争取这样开始你的写作。假如是命题作文，虽然不用担心命题，但怎样找到一个切入点，也需要有动力和激情。这是第一步。

第二步，就是要往深里想一想，那个令你非常非常非常怎么样的东西，到底是什么？这个叫作“梳理”。梳理，就像用梳子梳头一样，慢慢梳，慢慢理。把庞杂的和次要的东西剔除掉，最后，那个最有价值的、最珍贵的东西就水落石出，我们能把它看得清清楚楚，甚至，我们可以用一句话将它表述出来，就是所谓的一个故事的意义，就是我们常常提到的所谓主题。主题是一种思想，一个观点，一则感悟，需要归纳，需要概括，需要提炼——把主题提炼出来！举一个例子，假如你在创作之初，忽然想起你曾经看到过一篇小说，作品中有个女孩儿子因为母亲的一句话而记恨她一辈子，经过了许多年的磨砺和苦难，才从怨恨中摆脱出来，才彻底释怀。你仔细想一想，梳理梳理，于是得出一个总结性的结论，明白了那个故事其实讲了一个道理，这个道理叫作什么？叫“宽恕”！这个不是我虚构的故事，的确有这样一部作品，后来被写出来，并且被拍出来了，就是电影《唐山大地震》。冯小刚接到了唐山市和华谊公司的命题，要写唐山，他就是这样来做的，通过对庞杂的素材的梳理和提炼，找到主题。这是第二步。

第三步，找到最后一幕。通常我们把这个叫剧本的结尾，结尾是由最后一个“高潮+结局”构成的。一定要找到它！一定要先想好结局！写作实践告诉我们，没有想好结局，就没有写作的方向。我们的故事在进展中会遇到许多十字路口，在每一个岔路口前我们会犹豫，会彷徨，但我们必须选择多条道路中的一条。如果我们没有结局，就不知道方向，就没有选择的依据。假如我们盲目选择，靠直觉，靠冲动也激情做选择，几个岔路口下来，我们一定会迷失方向。反过来，如果我们心中有目标，有目的地，有彼岸，我们的选择错误率就大大降低，甚至我们会根据事先设计好的结尾去误导观众，故意让观众跑偏，朝着错误的方向前进，而结局出来的时候，让大家感觉得完全出乎所有人的意料之外，这样的戏才好看。所以，想好你故事的结局，这个是你的杀手锏！没有这个，前面写得再精彩，最后观众都会“骂着娘”

走出电影院，那就很可惜了。一定要想好最后一幕，最后一个高潮，加上最后一个感动点，这个非常非常重要啊！

第四步，设置开端。根据故事的结尾来设计开场，尤其是根据全剧的高潮一步一步地往下退，往回推，就能找到一个好的开端。观众一般需要一个简洁而明确的开端，一个让观众眼睛一亮的开端，一个充满迷离和悬念的开端，一个……反正，开端要让主要人物闪亮登场，并且给他制造难题和危机，用一个钩子钩住观众，一定要钩住！有了一个优秀的故事开端，一定能赢得观众的强烈关注。做不到这一点，看电视剧，人家就换频道；看电影的，就会开始唠嗑、吃零食、抛媚眼，最后再没有心思接受你的精巧构思和美好故事了。

第五步，找到人物的动作。什么是动作？这里指的当然不是举手投足、一颦一笑、手舞足蹈的那种动作，也不是耸耸肩、撇撇嘴的那种动作，也不包括语言和台词。这里所说的“动作”，是戏剧意义上的动作（戏剧动作），是指主要人物必须要做的事，非做不可的事。概括地说，是人物（尤其是主人公）有目的有目标的行为和行动。比如一个主角，一开场，他可能正处在生活的一片宁静之中，或者说出于生活的常态中。但是，常态生活往往是不好看的啊同学们！常态有什么可看的？很乏味！没意思！非常态的生活才好看。什么是“非常态”？那就是打破了常态的混乱局面，就是宁静和秩序被打乱，必须要重构秩序，重归宁静。这个重归的过程，就是动作。怎样打破宁静？必须有一个“触发事件”（或者叫触发因素）。我们也把这个叫作“引爆点”，一旦点燃爆炸，主人公就动起来了。举个例子：某主人公一出门，从楼上就砸下来一盆花，一下子把脑袋给打破了！流血了！怎么办？必须立即上医院。到医院才发现身上没带钱，必须打电话给家人或朋友！一摸，没有。这才回想起电话掉在了出事的现场。这就不得了，这下人物就动起来了——这就是动作。当然，这叫被动型的动作。就是主人公本来没有任何欲望和冲动，是因为遭遇了某种危机或打击，才被迫采取应对措施，才动起来的。出来被动性的动作，还有主动性的动作。比如一个主人公，看见一个同窗考上了硕士研究生，于是决定自己也考一回。电视剧《李春天的春天》第一集里，宋丹丹饰演的女主角一上来在生日派对上许下一个愿：今年一定要把自己嫁出去，于是，接下来整部电视剧，都是她想把自己嫁出去的努力和行动，这就是动作。

第六步，设置事件。一部电影或一部电视剧，一定是由一系列的事件，尤其是一系列的连环事件组成的。故事，就是一连串相互关联，相互有着因果的事件贯穿形成的。有了事件，才会有不同人物面对事件的不同反应。有了不同反应以及应对措施，才会形成差异并引发矛盾，就是戏剧冲突。有了冲突才能更好地刻画人物，才能让人物英雄有用武之地，才会对比出不同的思想、情感、世界观、价值取向、意识形态。每一个事件有可能都会成为主人公的一道难关，一次危机，一个困境。而主人公每一次克服了困难，度过了危机，才让观众为之欣喜。旧的危机解决了，随着新的事件的发生，新的一轮危机又一次把人物击中，从而让观众也进入迷惑和困苦。这是第六步。

有一点必须提醒：一切的一切，无论是事件，还是人物的动作，都是向着你的最终目标——主题和最后那个高潮而去的。这个是方向，必须明确。同时另一个提醒就是，你还得让观众看不出主题想不到结局，猜不出最后那个高潮，并充满着期待。这就是说，你必须设置迷雾，设置障眼的东西。你必须误导观众朝左，其实你的故事却朝右。甚至连台词都要尽量让观众猜不到，你让观众听了上一句台词，用常规思维推断下一句台词是什么，而你却比他们高明地说了出乎他们意料的另外一句话。这样做，才让观众觉得这个戏看起来很过瘾。你的全部创作过程，所做的一切都是你在和想象中的观众在博弈。低级还是高级，是你的修炼。这个只是技巧，你如果做得很低级，很幼稚，当然观众就会嘲笑你；你如果写得很高级，观众一定佩服你。

第七步，也是最后一步，就是一定要造一个最大最大的危机。通常情况下，你必须让你的主人公那个任务，那个动作收到了巨大的、前所未有的阻挠，主人公本人深陷危险，备受打击，伤痕累累，困境重重，他正遭到残酷的折磨，生不如死，他几乎已经绝望（这时观众也几乎要绝望了）。然后，你这时引入一个导致逆转的因素，这个因素扭转了乾坤，使得主人公的命运发生绝地逆转，他战胜了敌人，突破了重围，闯过最后一道大难关，从巨大的危机中拔出来。这样，一个故事才算完成了，一部好看的电影就诞生了。

新编剧：谢谢老师，你这一席话，也让我从危机中脱离出来。谢谢！

怎样写戏

新编剧：老师，你现在有空吗？能否请陈老师帮我指点一下剧本中的不足。

陈秋平：你的剧本……，怎么说呢？问题和不足主要表现在“戏”上。好吧，借助你的剧本，我们今天来研究一下在电视剧剧本里“怎样写戏”。在写一集剧本之前，我们首先要想到，一集剧本拍出来的戏，是40分钟的内容。要让观众在这40分钟里充分被吸引，就要在剧本里提供足够的东西可看，要让观众坐得住40分钟。所以，应该考虑两点：第一，是内容要足够多；第二，内容要足够精彩，或者叫作足够有吸引力。目前来看，在这两点上剧本都还不足。例如，二喜和李俊、马小颖遭遇这场戏——注意，这是一个场景里发生的事——你说可以演多长时间？一场戏，不是不可以长，极端一点，也许一场戏可以长达一集？有没有？基本上没有。即便有，也会太闷了。半集？还是闷。10分钟吧，也许都长了点。就算我们写一场10分钟的戏吧，那剩下的30分钟的戏，就那两件铺垫的事，似乎撑不住。所以，内容还不够。简单地说，这一集戏所包含的戏量和信息量都太少，撑不起。

新编剧：嗯！

陈秋平：也许，我们还可以再想想，用别的事来扩充吧。先看看这10钟的戏，二喜一闯进来，遭遇了李俊和马小颖。10分钟的戏，会怎样发展？或者换一个角度？

新编剧：这里边应该有马小颖的一些动作。

陈秋平：要达到的目的是，观众一看，三个人一碰面，嗯，有戏！实现这个目的，我们要揣测观众的期待和愿望是什么。但是观众究竟想看到什么呢？猜不到？换位思考一下，咱们自己来做观众，本来我们自己也是观众，每年要看那么多剧。你想想你自己，当你看到这个开端——三人的遭遇战，你会希望看到什么？当然，首先是想看到各自的反应，反应过后……

新编剧：然后看怎么对应。

陈秋平：反应只有1分钟，应对才是戏所在。怎么对应？我们自己设想一下，人都是有看热闹的心理的。当我们刚好走过一个餐馆，看见一个前夫遭遇了前妻和一个男人在一起，而且这个男人还是自己的老同学、最好的朋友的时候，戏是有的！——就是说，我们想看热闹！那么，热闹是什么？我们想看什么？

新编剧：应该是想看那女的怎么办。

陈秋平：对！这就是我感觉的问题所在。这样一分析，我们俩都认为好看的戏应该发生在马小颖身上！可是，你的剧本里，为什么早早地就把马小颖放跑了？马小颖一走，基本就没戏了。

新编剧：我又犯了老毛病了。

陈秋平：设想一下，如果我是现场围观的人群，一看，女的走了——哦，女的走了！她一走就没戏了——马上我就扭头走了，一群人就散了，该忙啥忙啥去了。但是，到目前为止，也许才过了2分钟，还剩下8分钟！这剩下的事件，你让李俊和二喜可怎么熬呀？熬不到这么长时间。

新编剧：所以写了他们去打架了。

陈秋平：打架更快，还会剩下时间的，那后面就得想更多的内容来填充。

新编剧：这十分钟的戏让我来重新想吧。

陈秋平：看看接下来你想的内容是什么——接下来你想的东西，依然是一些铺垫。铺垫的戏，通常就是“过渡戏”，就是“说明戏”。包括你刚才写的，三喜去找门面，占不了多长时间。三喜找铺面，找啊找啊找啊找，用一串镜头来表现？能有多少戏？观众一定觉得很乏味，觉得没看头。你是说清楚了，该说的都说了，但是观众并不觉得好看。那意思就是：这些不是戏！

新编剧：哦。

陈秋平：接下去，栾清平问四喜送什么礼物也不是戏。栾送礼，如果不发生点什么，不设计一些阻碍，不遇到什么麻烦，也不是戏。甚至就是栾来访，贾淑芬跑进屋说，房子不拆了——这也不是戏。张志军在院子里走来走去，孩子哭，奶水少，刀子嘴豆腐心，都不是戏。二喜拿日记过去给马小颖——哎，这个是戏！为什么？因为观众看到马小颖拿到日记之后会怎么样！观众有欲望有期待了，事情就有了悬念，到底之后会发生什么？会出事吗？会出什么事？事情的影响会多大？他们各自都怎样去应对？充满了不可测定性。观众是需要看戏的，所以我们要明确地知道，所谓写剧本，我们的任务是“写戏”！

新编剧：嗯。

陈秋平：我先提这个问题，你先说说，什么是戏？

新编剧：有人物，有事件，有冲突，有矛盾。

陈秋平：前几日，我在新浪微博上看到一条关于写戏的微博，内容是“向每一场戏要戏，正兴奋地实践着”：“第 14 集虽三天修改18场，却保证了每场足戏！例：男一带女一去自家燕窝岛看工人采燕窝一场，原稿是工人采摘，男一女一旁观。现在已改成男一和工人一同爬上高梯，异同采一只燕窝。男一亲手讲燕窝递给女一。女一惊奇疑惑之际，男一趁机讲解燕窝来历，鼓励女一学习顽强金丝燕。小改动里有大玄机！”这条微博是以为资深编剧写的。

新编剧：非常态！

陈秋平：我想问一下你的看法：你认为她修改前后有什么变化？修改之后是不是更加有戏了？为什么？

新编剧：改之后要比改之前好。因为原来是工人采的话是正常的，而男一采就是非常态。

陈秋平：我的问题是，这里面有戏没戏？戏在哪里？戏是否增强？

新编剧：这就是戏。有戏。

陈秋平：我的看法恰恰和你相反，我认为这里没戏。改之前没有戏，改之后仍然没有戏！白改了。

新编剧：我的意思是，男一把燕窝递给女一，似乎他们之间会发生点什么啊，如果是工人来做这个，就没戏。

陈秋平：那你说的那个发生点什么是“什么”？为什么一定说它是戏？这就是我们要探讨的关键：什么是戏？什么不是戏？

新编剧：男一从楼梯上掉下来了就有戏了？

陈秋平：当然，这里需要说明一点，并不是剧本里非得要处处有戏，非得出处都在情节的发展线上。一部戏，需要许多构成因素，其中包括细节、情感、情趣、信息等等，并不是全身是戏才是好剧本。但我们普遍看到的情况是，许多剧本从头到尾都没戏，处处没有戏！你刚才说到的那个“非常态”，至少，它是戏的一种表述，但是还不够。咱们还是先解决这个问题吧——什么是戏？什么不是戏？否则，怎么写30集呢？写了也白写啊！

新编剧：嗯。

陈秋平：那么，究竟什么是戏？

新编剧：让观众感到纠结的，能打破平静的事件。

陈秋平：纠结于打破平静，也许算是一种戏。

新编剧：还是请老师再给我梳理一次吧。

陈秋平：首先咬文嚼字一番——戏，这里说的，其实是指具备“戏剧性”的段落或单元故事。或者说：戏，直接说是指有“戏剧性”，以及具备“戏剧性”的事件、动作、冲突等的总称。就是带有戏剧性的内容。这样表述似乎还是很模糊，很理论，很晦涩。仿佛每个人都不能清晰地说出戏到底是什么，但是它有的确存在着。

我曾经通过微博，简要地解释过“戏剧性”。下面这几条微博，就是关于戏剧性的探讨。

1. 戏剧性——影片中与日常生活不一样，比生活更凝练、更强烈、更奇特、更有趣、更巧妙、更出位、更深厚、更感人、更耐人寻味、更好看的内容。影片有戏没戏好不好看耐不耐看，怎样写出戏剧性，不仅仅是技巧问题，因为戏剧性没有客观标准和技术指标。方法：训练悟性；客观检验，把故事讲给身边的人听。

2. “戏剧”释义——此处为术语，指符合戏剧目的的，为加强剧本戏剧性的，或表达编剧意图的概念，常用于做定语。例如：戏剧目的 = 编剧想达到的目的；戏剧张力 = 具有大幅度反差并吸引观众的内聚力和感染力；戏剧任务 = 全剧或某段落想完成的任务；戏剧冲突 = 具有剧作意义上的冲突和矛盾；戏剧效果 = 有感染力的效果；戏剧化 = 赋予某事物戏剧性。

3. 三位一体——事件、动作、冲突是戏剧的本体，三者互为因果，密不可分。首先事件发生了，面对这个事件人物会有不同的态度和反应，并引发不同的动作，由不同的行动就构成了冲突。事件引发动作，动作中产生冲突，而这个过程就产生了戏剧。记住：写剧本须从对这个“三位一体”概念的理解与实践开始。

看了以上几条，可能会有一些提示作用，但离理解“戏”，仍然差得很远。再举例吧，假如你走在闹市区，你看大街上人来人往，熙熙攘攘，你会感到“有戏”吗？

新编剧：面对芸芸众生，看正常走路的人，肯定没戏。

陈秋平：回到刚才举的那个例子，男一和女一摘燕窝，为什么我说它没有戏？

新编剧：现在看来，没有引起什么没有冲突，应该说，没有戏。

陈秋平：不仅仅是缺乏冲突，虽然冲突也是戏的构成因素。

新编剧：也没有动作。

陈秋平：但有的时候没冲突也可以有戏。她摘燕窝，算不算动作？

新编剧：不算。

陈秋平：男一鼓励女一好好学习，算不算动作？

新编剧：不算吧。

陈秋平：那什么算？

新编剧：有目的行为。

陈秋平：对！

新编剧：或者叫作有动机的行为。

陈秋平：这个非常重要！有动机、有期望、有目的、有动力，漫无目的的动作，不是戏剧上所说的动作，充其量算是动态。一个有动机的动作发出之后，一定会指向某个目标或结果，并引发一系列的连锁反应，从而引起观众的注意，形成观众的好奇，并让观众进而去探究那个结果。这个动作会改变事态的进程，形成人物和人物之间错综复杂的关系，形成对比和反差，导致错位与矛盾，发展成戏剧冲突，并一直向前发展，走向某个目标——这个目标一定是观众所关心的，最后发展成结果，直至这个目标的达成（或不达成）。这个才是戏！

新编剧：嗯。

陈秋平：我们再回过头来看你的第四集吧。需要说明一下，这里所说的“戏”这个概念，还有一点容易混淆：一场戏的“戏”，不是有戏没戏的“戏”。

新编剧：是。

陈秋平：一场戏，是指在影视剧本中，把同一个场景和时间里发生的事写成的一个段落。就是同一时间地点的一段故事，我们把它叫作“一场戏”。而在这个段落里的内容到底有没有戏剧性，才是我们所说的“戏”。有戏剧性，就叫“有戏”；没有戏剧性，就叫作“没戏”。

现在回过头来看剧本，二喜闯进餐馆，遇见马小颖和李俊，一直到派出所处理完，这一段是有戏的。不管你把戏写好还是没写好，这一段都包含着戏剧性，可以叫作“有戏”。因为在这个阶段人物是有动机的，也有是人物有了动作。并且，这些动作还引起了一系列的连锁反应，甚至引发成为冲突。观众因此而十分关注，充满好奇心地往下看。他们非常想知道结局是什么，想知道派出所的处理结果。这个时候将结局呈现出来，就完成了“戏”。

新编剧：嗯。

陈秋平：张志军警告二喜什么什么，这个不是戏。如果张志军不允许二喜进屋，就是戏（我不是说让你这样写），因为张志军如果阻挡了二喜，就引起了二喜的下一步行为动机，他要想方设法进屋。那到底他最终是否真的能进屋呢？如果他实在进不去，转而想别的办法，那么这个办法是什么？会奏效吗？结果将会怎样？等等，这一切都会勾住观众的心。

新编剧：明白了。

陈秋平：贾淑芬劝说二喜，让他放弃，这个也不算戏。如果贾淑芬拍着胸脯说，别难过，大嫂给你介绍一个更好的——这个就是戏。贾淑芬和二喜互掐，如果不能引起连锁反应的，也不叫戏，充其量算是铺垫。三喜走街串巷租房子不算戏。假如租房子过程遇到一个好人，或者好房子，但是由于什么什么原因，导致好事虽有希望，却还是难以办成，这就是戏。因为三喜会去争取，会去付出努力，结果将会怎样？栾清平和四喜吃饭，甚至讨好四喜，四喜很领情、很高兴，这都不算戏。但假如栾清平从身后拎出一瓶茅台，说你给你老爸送过去，就说是你孝敬他老人家的——这就是戏。是戏，还是不是戏，其关键差异也不是符合情理还是不符合情理的，关键问题是：

1. 有动机的动作；
2. 对情节和人物关系有推动；
3. 引起了观众的关注和好奇；
4. 形成了一个期待的目标；
5. 能够引起一系列连锁反应；
6. 发展中遇到曲折和危机；
7. 最终达成或不达成这个目标。

要有以上这些因素加在一起，才能构成“戏”。

新编剧：现在理解了。

陈秋平：他俩吃饭，有没有“动作”，是不是合乎情理，都还不是有戏没戏的关键。关键是俩人说话做事都没有动机，接下来对情节往下发展有没有推动力，会不会催生什么变化，会不会引起观众好奇。

新编剧：栾清平其实是有动机的，但我没有表达出来。

陈秋平：没有表达出来，就是没有戏。我不是说你写不出戏，我说的是现在没有戏。

新编剧：是，明白。

陈秋平：我刚才举的那些例子，全都是为了说明，怎样才能把不是戏的内容修改写成戏。回到我一开始的话题，我们是在讨论“怎样写戏”？再回到刚才那个微博的例子，男一号和女一好摘燕窝，怎么才算有戏呢？

新编剧：男一号上去摘燕窝是想给女一号看，应该说是有动机的，然后他拼命地想去摘一个很大的燕窝，想送给女一号，目的也是为了表现自己，也应该算是有动机，结果一不小心掉下来了。这样算是戏吗？

陈秋平：仅仅摔下来，还是没有戏！仅仅有动机，还是不算有戏！满足刚才我说的那几个要素，动机是为了给女一号去看，我说这还不是戏！三喜走街串巷找门面，这个是有动机的，可是还不构成戏。

新编剧：男的为了显示自己，让女一号也上去，教她摘燕窝。这个算吗？

陈秋平：还不是戏！

新编剧：请老师具体讲一讲，什么才是戏呢？

陈秋平：刚才说了，要满足那几条，才能算是戏。问题的实质是，我们必须让所写的东西形成一个连贯性可持续有期待有结果的序列，一个单元。我的建议是，编剧一定要突破一道关，要不断训练自己，形成一种对有戏和没戏的一种自觉判断。就是要在自己的血液里注入这个细胞，能迅速分辨得出什么是戏，什么不是戏，并学会如何写戏。刚才我说了7条，能够达成7条的，就算是戏。对于这7条，光理解还不行，还要练习。你刚才试图作的修改，依然没有戏。为什么？因为没有引起观众的关注，也不预示着将会发生什么变化，或者导致什么结果，也没有勾起观众的好奇心和探究欲，似乎也不具备引发连锁反应的条件，也没有改变或推动情节的发展和人物关系的变化。

新编剧：女一号说，如果我变得顽强起来，你就选择我做你的女朋友。行吗？

陈秋平：稍好一些。至少女一号出拳了。我举另外一个例子——

男一号刚刚离开一个喧嚣的晚会开车回家，车一上路，就遇到瓢泼大雨，道路能见度极差，甚至出现了堵车。（到现在为止，都还不是戏。）突然他的手机响了，一条短信！是女一号发来的，手机上面短信内容是："下雨了，路上要小心。到家给我电话，好吗？"假如再加上他们俩今晚是第一次见面这个条件，这就是戏。如果这个女一号是单身，而那个男一号是有老婆的，而他俩都很优秀，那就更有戏了。

任何一个事件或关系或动作或语言，写得不好，都可能写得没戏；写好了，也都可以写出戏。要写出戏，首先我们要知道什么是戏，怎样才有戏，怎样不算戏。为什么我说，你设计的二喜把日记送还给马小颖，这个可以有戏。为什么呢？因为二喜送日记给马小颖这件事（或者动作）满足了刚才那几条。第一，这是二喜有动机的行为，不是无意识的；第二，这个举动有可能改变马小颖的态度（也是他俩的关系）；第三，这个动作引起了观众的关注和好奇；第四，接下来一定会有连锁反应；第五，这也不会一看日记就解决问题的，哪有那么容易啊，接下来事态的发展也许还会很复杂，令人期待；第六，最终一定会交代他俩或者复婚，或者不复婚。

新编剧：嗯，原来，设计一场戏的时候，首先要考虑具不具备这 7 条，不具备就是没戏。

陈秋平：我刚才说了，并不是在每一集电视剧里，处处都非得写戏。一集戏的故事，一定要有戏，但也要讲究节奏，不能全在戏上，全在情节里走，要张弛有致。换句话说，必要的交代、过渡、铺垫、说明，甚至闲笔，都是可以有的。只是，我这番话想说的是，观众打开电视机，是为了看戏来的，我们必须给他们充分的戏看。而我们常常看到的普遍情况是，许多编剧不会写戏，不是处处有戏，而是处处没戏。那还让观众看什么呢？

设想你站在高楼的窗户边，看街上人来车往，也有可能会发生一些有趣的事，或者虽然什么事都没发生，但眼前是挺好的视觉效果，通常这些都是平淡的，没有戏。忽然，从街角走过来一个人，这个人东张西望，从衣服里面不小心掉出一个长长的东西，你仿佛听到了金属摔在地上的铿锵声。那男人很紧张，赶紧拾起那长的东西，又藏进了衣服里——这个就是戏，满足了（或者潜在地满足了）刚才说的那 7 条。

我们写戏，不是漫无目的地乱找戏，是有目的的。在一集戏里，要先找好几个落点——就是目标。或者一个，或者并列几个。是一个，还是多个，看事件或者人物动作的大小，然后为了这些目标去设计戏。所以一开始我就问你，要在这一集里说几个事？你说三个，其中有一个是遭遇战。那遭遇战就把它写充分，把戏写好看。这个戏是一个较大的事件和过程，发生在三个人之间。好好地理清他们的关系，了解清楚他们各自的目的和动机，以及他们遇到不同情况后的反应和对策。这个段落在开始处（遭遇）就充分吊起观众的胃口，然后顺着观众的好奇心往下发展。既要符合人物性格，还得服从主题的表达。同时，还要想方设法持续地吸引观众注意力。吸引观众的过程，就是揣摩他们的心思。看他们想知道什么，一方面满足他们，让他们看到他们想看到的，或者预料到的结果；另一方面还要故意"拧巴"，故意让他们失望，朝着相反的方向折腾。这样一来二往地往下发展。纠结！最后给观众一个达成或没达成目标的结果。然后启动另外一件事，重复同样的过程。这就是所谓的一波未平一波又起。事件有大有小，大的事要经历很长时间，所以中间必然要穿插别的事情或过程进来。也有很短的，比如遭遇战，必须在这个段落里完成整个过程。写剧本的关键，我们的目的，是写出好看的故事，说明我们想说明的主题，展现一个个鲜活的人物。编剧就是把枯燥的人生讲得生动，讲得大家愿意听，愿意看。你想想，这是几个胖子和一个老头的那点破事，要占人家 30 甚至 40 分钟，那得想出多少事情和噱头来才行呀？

新编剧：得一堆事情来支撑，要不就断流了。

陈秋平：我今天想阐述的是，怎样写戏。其实我还想传达另外一个信息，就是观众是来看戏的。这个是什么意思呢？看戏，不等于看事件。事件只是戏的一种形态，而且，即便是事件，表现得不好，也有可能没写出戏来。反过来，就算没有事件（这里指人物要去做的事或遭遇的事），光凭着人物之间的矛盾和冲突，也有可能写出戏来，让观众看得津津有味。我们需要解决的问题是：如何写戏。比如刚才你说了，这一集可以写二喜开店。对！但是开店的过程好看吗？不外乎就是找门面、集资、买东西、装修门面、找帮手、采购物品、开张营业、接待宾客……这个过程本身不代表戏，也不一定全过程都写出来，写出来也不好看。那么写什么，不写什么呢？

新编剧：写开店前的筹备？

陈秋平：不是。不是这样理解，并不是写哪一段的问题，写哪一段并不重要。

新编剧：哦，您是说这个过程应该取舍什么？

陈秋平：整个过程全写出来也没问题。一个过程细节都不落下也没问题。这个不是问题的关键。

新编剧：主要是得有戏

陈秋平：问题的关键是：写出戏！有戏就详写，没戏就略写，甚至不写。四个子女，都有许多任务，都有许多事要去做：大喜要生孩子，二喜要复婚，三喜要照顾刘芳，四喜要谈恋爱结婚。但是这些都不是关键，关键是什么好看？好看就写，不好看就不写。什么好看？当然是戏好看，不是戏就不好看。同时，所有戏都好看了，还得服从于主题。跟主题相扣的，就多写，不扣主题的，就少写或不写。用主题来做取舍的前提。

新编剧：这是前提。好的，老师，想我把这集重新写一遍，写完了再给您看吧，今天您讲的，我再好好想一想。

陈秋平：好的。

电视剧的四种结构类型

新编剧：陈老师，能给我们讲一下电视剧的结构吗？

陈秋平：关于结构，是一个大问题，讲一个学期也有讲的。更何况，结构本身是没有严格规范的，就是不能规定别人必须怎样写，或者不能怎样写。结构的技术也在不断地创新和改革中，永无止境。这样说似乎也有偏颇，仿佛结构就可以天马行空，想怎么来就怎么来，没有规律可循了，这也是一个误解。

新编剧：那结构到底有没有规律呢？

陈秋平：好吧，今天，我就从结构的类型，来讲一讲我所理解的电视剧结构是怎样的吧！

新编剧：好的，谢谢陈老师！

陈秋平：电视连续剧和电影的区别之一，就是它的篇幅长，体量大，播出时间也长，所以对剧本写作中结构设计的要求就更高。无论从艺术上还是从商业上，电视连续剧都同时需要关注观众的两个诉求：第一，从头到尾都要好看，这就要求我们编剧把每一集剧写得来都好看；第二，整个剧还要让人从一开始起，就期待最后一集的大结局。从这个意义上讲，我们有必要研究一下电视剧的结构类型。

新编剧：怎样才能做到这两点呢？

陈秋平：纵观中国电视剧，其大结构大体可分为四种类型：动作线贯穿型、人物关系冲突型、单元故事型和“人物传记编年史型”。当然有例外，也有交叉，但常见的主要是这四种。先说第一种：动作线贯穿型。

新编剧：动作线？

陈秋平：对，我们先来解释一下什么是动作？什么是动作线？

这里说的动作，不是形体动作，不是表情动作，而是戏剧动作！具体讲，就是剧中人物为完成其戏剧任务所采取的行动，是人物有目的、有动机的行为。举一个例子来说明一下，比如：在电视剧《李春天的春天》里，一开场主人公李春天在38岁生日聚会上许了个愿，一定要在未来的一年里把自己嫁出去！观众听到了她的愿望，就有了期待。而李春天也就有了行动的目标，于是，接下来的整部二十多集戏都是围绕着李春天相亲、找对象去进行的，其他人物的故事也是围绕着她的这个动作展开的。

在创作实践中，我们又可以把动作又可以分为两种类型：即“主动的动作”和“被动的动作”。

“主动的动作”是指，主人公自身想干什么。例如：主人公一上来就想考研，于是开始查资料、找学校、寻专业、访导师，然后认真备考，迎接挑战等等。主人公想把自己嫁出去，当然就是相亲相亲再相亲。

“被动的动作”是指，主人公遭遇飞来横祸，必须全力应对，从危机中解脱出来。和平年代，安定而有规律的人生，一般是相对平静的，找不到特别的大目标和大动机，怎么写？当然就写被动的动作。例如：平常生活的某一天，主人公在路上走得好好的，一个花盆从天而降砸在头上，头被打破了，血流不止，赶紧叫一辆出租车到医院抢救，因失血过多需要输血但血型罕见血库缺血，必须找到相同血型的血！终于找到了合适的血，却发现钱包丢失，住院费没法交；好不容易朋友送钱来，医生又不见了……，等等。

什么是“动作线”？动作线是指整个剧从人物开始动作一直到最终完成（或没完成）戏剧任务的全过程，从开端到结局所形成的纵向的人物行动发展脉络和轨迹。就是人物的一系列行动的串联线，发展线。

如果某个电视剧是主要以人物动作发展线为大的故事结构框架，这样所创作的电视剧，就属于“动作贯穿型”结构。

写这种结构类型的电视剧，编剧必须先找到人物要达成的目标（戏剧任务），然后在剧本开头设计一个引爆点（触发事件），让这件事“砸”到主人公身上（如同那个花盆），形成主人公的危机，逼迫着他非得行动起来不可（强烈的愿望和动力），并开始行动。有了这个动作就好办了，编剧的任务，就是沿着这根动作线，不断为主人公设置障碍。不要让他轻易得手，每一个动机和动作都受到不同程度的阻挡和困难，主人公必须通过自己的努力（可以一定程度接受别人的帮助），一次又一次地冲破障碍，从而形成动作线上串联起的一系列事件（或阶段）。在全剧结束之前，设计最后一个障碍，这个障碍必须非常大，大到主人公几乎无法逾越，主人公被逼到绝境，生死攸关、命悬一线，敌对势力或人物占尽上风，连观众也几乎绝望，忽然，在千钧一发之际，出现某个因素（转机），使得局势来一个大逆转，主人公（这一次必须主人公自己，而不能是其他人）终于战胜了危机，取得了胜利（如果是悲剧结局，就是未取得胜利，以失败告终）。

这种类型结构的特点：悬念清晰，动作感强，故事跌宕，扣人心弦。

需要强调一点，主人公面对最后一道难关（通常情况下这就是所谓的全剧最高潮），他不能靠误会去绕过困难，不能靠巧合突然破解危机，也不能靠他人帮助去解决困境，否则观众会大失所望。常常有这样的情况：一个英雄面对最后一个生死难关，忽然一道闪电，将强大的敌人劈死，主人公终于活下来，皆大欢喜——这样还有什么看头？电影《西风烈》的败笔也是这样的，当主人公决定以最后一颗子弹与敌人决斗时，侧面的同伴开了一枪，将对手击毙。最后一个危机就这样漏气了！

新编剧：的确这个结局让人有一些失望。

陈秋平：第二种结构类型，我把它叫作“人物关系冲突型”。

在一些电视剧里，主人公没有太明确的愿望和梦想，找不到行动目标，也就是没有明确并贯穿始终的动作线。从观众的角度来看，似乎也没有发现引起人们关注的人物使命或任务，这样的戏怎么写呢？怎样才能吸引到观众的注意力呢？答案是，靠人物关系的巧妙设置。

这里所说的“人物关系”，是指人物之间存在的某种特定社会联系和戏剧因果关联。

新编剧：好像不是很好懂，请老师具体解释一下。

陈秋平：得从人谈起。电视剧是讲故事的艺术，讲的故事，当然是人的故事。具体在一部戏里，叫作人物的故事。编剧在设计电视剧的人物时，一般不会只设计单个的人。一个人的故事撑30集电视剧？不太可能。电影也许还行，例如美国电影《荒岛余生》。即便在《荒岛余生》中，故事的中断只有一个人物，编剧也给他（汤姆·汉克斯）设计了一个没有生命的“人物”，那是一只排球。这个排球的功能，就是提供给主人公一个说话的“倾听者”。而且，影片的一头一尾，是正常的人类社会，都市生活，主人公有女朋友，有同事和朋友等。所以我们说人物的设计是一群人而不是一个人。并且，这群人之间不能是相互隔离，相互平行，互不相干，互不往来的，他们必须同时生活在一个社会环境之内，他们之间一定存在着特定的社会和逻辑关联——影视作品就是编剧创造的一个虚拟社会。

区分一下两种不同层次的关系。

首先我们叫作“表层的社会关系”，即不同人物在社会中扮演的各自的角色，以及他们之间存在的某种社会关联。比如：父母与子女、兄弟姐妹、同学、同事、上司下属、情人、夫妻、新朋、老友等等。这一个层次的关系是比较好理解的，也是比较好设计的。不就是模拟真实生活，给人物建造一个生活和工作的圈子吗？简单！但是，这种浅层次的人物关系对我们的剧本创作帮助不大，我们写作时要贪心得多，我们不会仅仅满足于这个层次的任务关系，我们希望有更加深入、激烈、反差、对比，并能形成一系列戏剧冲突的人物关系。因为我们需要讲好听好看的故事。那是怎样的关系呢？

“人物的戏剧关系”——我们需要设计出更加具备戏剧张力的人物关系。这种关系不是很好概括和解释，我们需要在前面那个浅层的社会关系的基础上，去筛选、过滤、提炼、挖掘、勾连出更加深层次的关系，让剧中的人物和人物之间，充满这许多不可预测的变化和发展，有着潜在的戏剧发展空间。这种关系也许可以表述为，具有强烈戏剧性的人物之间的因果关系。比如，人物和人物之间的悲欢离合、恩怨情仇、忠诚背叛、生离死别等社会活动所产生的关系。也许下面这样的关系，就可以符合我们的要求：对手、敌人、战友、同盟、天使、魔鬼、恩人、贵人、闺蜜、哥们、冤家、情敌、福星、爱将等。

当你打算要写的剧本实在无法找到人物贯穿始终的清晰的动作线时，或者虽然能够找到动作线，却觉得太过于单薄，无法支撑连续剧长篇故事的时候，那你就可以试着去搭建有着性格巨大反差并相互存在着某种因果关联的人物关系。这样做的效果显著的，当观众熟识了这些人物的鲜明而强烈的个性后，便可以预测到，如果把他们放到一起，肯定有戏！接下来编剧要做的事，就是把一个又一个的石头（引爆事件的因素）扔到人物中间，每一次都能造成系列连锁反应，直至终点（全剧的结局）。

人物关系是决定电视剧是否立得起来的另一个重要因素。“动作线类型”的结构是线性的，“人物关系冲突型”的结构是非线性的、复合的和立体的。事实上，每一组人物关系之间因各种事件而引起的变化和发展，也是一个演进的过程，这个过程从头到尾同样可以形成一个轨迹，我们也可以把这个轨迹称为“人物关系发展线”，而由这个人物关系演变线为主干建造的故事框架，就叫作“人物关系冲突型结构”。

新编剧：哦，原来是这样理解的！

陈秋平：好的人物关系设计可以预示这部戏里蕴藏着极大的戏剧性“金矿”，极具吸引力，观众看到几个人物往一起凑，注意力立即被抓住。这时观众犹如坐在拳击看台上观看人物对打或群殴，从中产生立场和评判，或同情，或反感，或支持，或反对，希望某方赢，希望另一方输，直至看到最后决出胜负。

新编剧：采用“人物关系冲突型结构”需要注意什么呢？陈老师，有没有什么技巧？

陈秋平：人物关系设置须考虑以下要素：

1. 差异化。人物和人物之间的性格要拉大差距，形成反差，如果遇到趋同和近似性格的人物，就删掉；

2. 紧密勾连。加强人物和人物之间的因果勾连，要让人物之间产生前史（即本剧开始以前的历史渊源），并在剧情推进中让他们之间产生交手和对峙，相互之间不认识或不相遇的人物尽量减少，不必要的就删除；

3. 动静、强弱搭配。生旦净末丑，男女老幼、高矮胖瘦、内向外向、急性子慢性子、穷富美丑、善恶强弱、高低贵贱等，各种性格类型都有，体现丰富性和多元性；

4. 设计坏人。不一定叫作反面角色（道德意义上的坏人），但一定要设计一个负面角色（哪怕是犯一些错误，走了一段弯路，或者性格上有缺陷等）。通俗的话说，要么有反派，要么有捣蛋鬼，最不济也是闯祸的人或麻烦制造者。为什么要用“负面人物”这个概念呢？因为许多当代戏是没有坏人的，他可能就是一个“落后分子”，是为主人公设计的一个身上有缺点的对手。没有这样的人物，剧本会很难写，也会很难看；

5. 不一定复杂，但一定要纠结。评价一部戏人物关系设计得好与坏，并不是以其是否复杂来评判。有的新手以为好的人物关系就是把它设计得错综复杂，画了一个人物关系图，人物关系的连接线想蜘蛛网。其实，真正设计成功的人物关系，重点在是否充满纠结，让人物和人物之间打交道和产生矛盾冲突时，出现各种纠结，进退维谷，左右为难，里外不是人，上下都得罪不起，等等，这样才好看；

6. 紧扣主题。判断人物关系的设计是否准确，是否合理，是看其有没有取舍，有没有设计意图。任何好的设计都不是随机的，而是有意为之。具体说，要围绕这全剧的主题思想或总戏剧任务来设计。对表达主题有用的人物关系，就要保留；对主题表达没有促进作用的，就删掉。必须围绕预设的主题思想产生矛盾和冲突，并设置人物关系。

以上各条中，最后一条非常重要。因为生活本身是随机的，是无中心的，漫无边际的，而我们讲任何一个故事，都是有所指的，有目的的。取什么，舍什么，强调什么，忽略什么，一定得有一个核心标准和价值来作判断。天底下没有不散的筵席，没有不落幕的戏剧，当电视剧终结时，观众总得要品尝出一点什么滋味，这个就是主题。而在写作时，主题却是人物关系设置和冲突设计的中心和方向。

范例一：电视剧《家有九凤》属于“人物关系冲突型结构”，在剧中，我们并不十分清楚人物到底要完成什么任务，有什么使命，但九姊妹和一个强势母亲，就构成了极具张力的戏剧人物关系，全剧围绕人物关系进行，非常丰满，非常好看。

范例二：电视剧《钢铁年代》，写一个解放军军官在一次战斗中负伤牺牲，下葬时战友把他和他的枪一起埋进坟墓，结果没想到他在坟墓里复活，往外打枪惊动了外面的人将他刨出来才发现他还活着。等他从医院治好伤专业到地方，却发现他的老婆以为他牺牲，已经改嫁。而嫁的人竟然就是他战场上的敌人！这样的人物关系足够纠结，并形成全剧的悬念。

新编剧：老师，请讲解一下“单元故事型”结构吧！

陈秋平：先举一个实例吧，电视剧《媳妇的美好时代》，我们在剧中看不到主要人物有什么强烈的动机或明确的动作，找不到贯穿始终的动作线——它不属于“动作线贯穿型”结构。同时，我们也没有发现人物之间明显的戏剧因果关联，就是说，主要人物之间，并没有过多的前史恩怨。在剧情发展过程中，也没有过分强调戏剧性的机巧设计，多数人物都是在剧开始之后才认识并建立关系的——这也不属于典型的“人物关系冲突型”。但是，我们却在整个剧中看到发生了许多事，这些事件相互虽有一定关联，却又不呈明显因果，都是一些相对独立的单元故事。于是我们把这种结构称为“单元故事型”。

类似的结构也包括电视剧《心术》，剧中的主要场景是一家医院的外科，我们看到一群医生，他们平时的日常工作和生活都是平淡无奇的，但每一次面对一个就诊的患者，一台手术，就可以形成了一个单元故事。这些单元故事之间，也不像是连锁反应的链式串联，单元是相对独立的。

这种类型结构的戏，极端一点，就是情景喜剧。

电视剧大体分为两种类型：连续剧和系列剧。怎样区分这两种剧呢？简单说，一部戏，无论它三十集还是五十集，第一集的内容和最后一集的内容是有逻辑关联的，就属于连续剧；相反，如果没有，就属于系列剧。在系列剧中，每一集，或连续几集，会讲一个相对完整的小单元故事，所以，我们也把这种系列剧叫作单元剧。情景喜剧，几乎没有贯穿始终的剧情，全剧基本是靠单元故事串联而成的，就是纯粹的系列剧，或者单元剧。

在连续剧中，如果弱化单元故事之间的逻辑关联（弱化，并不是没有），这种类型我就叫作“单元故事型”结构。

这种结构的关键，依然是人物性格的极致和人物关系的纠结。可以这样理解，这是弱化了前史因果和动作逻辑关联的“人物关系冲突型”。换句话说，人物之间没有明显的前史恩怨，多数人物在一开场之后才初识，之后的故事也并非全部围绕恩怨因果去编织，既没有主人公的主动作线，也没有贯穿始终的有逻辑关系的角色冲突，这样的剧，依靠的就是单元故事本身的情节性和趣味性，以及在单元事件中人物性格产生的冲突。

编剧在这种类型剧中，只提供了某个故事场景和一群人，让这些人在这个特定的场所里生活，就像现实生活中一样。但编剧会在每一个段落里扔进去某个触发事件，就像往一个池塘扔一块石头，激起了一系列的涟漪，一浪推一浪，直至重新归于平静，一个单元就结束了。然后，再扔一个，形成新的单元，如此巡回往返，周而复始。。

与“人物关系冲突型”一样，主导“单元故事型结构”的依然是这个剧的主题。一般而言，这种类型的长篇连续剧中所包含的一系列“单元故事”并不一定要有内在逻辑联系，但是这些事件会有一个总体的关联，那就是主题——必须紧扣主题。不管发生了多少事情，最终说明了一个主题思想，也就是某个生活哲理。比如《媳妇的美好时代》，其主题就是“家和万事兴”。

新编剧：哦，理解了。

陈秋平：现在说一说“人物传记编年史型”结构。

这种结构类型的电视剧就是描写主要人物的一生，或者写人物的某一段重要的历史。

从结构上分析，如果写一个人物漫长的一生，一般不会有一成不变的戏剧任务和目标，也难以找到贯穿始终、几十年不变的动作线。随着时代的变迁，时空的转换，连从头到尾始终保持固定不变的人物关系也很难找到。创作这样的题材，编剧既不会围绕人物的贯穿动作去写，也不会始终围绕着某组特定的人物关系去营造故事。用这样的结构讲故事，我们把这种它叫作“人物传记编年史类型”。

这类电视剧，其结构通常是以时间为轴线发展，是纵向的，线性的，像写一个人的简历，某年某月某日，遇到了某人，发生了某事。面对那件事，人物做出了怎样的应对和行动，造成了怎样的结果等等，如此而已。在这些过程中，有的人来了，有的人去了；有的事发生了，有些事激化了，有些事翻篇了。新的人物再进入，再退场。即便偶尔有贯穿始终的人物，那些人物也并不是始终对主人公起到决定性的戏剧作用。

“人物传记编年史型”结构的要素：

1. 先预设主要人物。主要人物可以是历史上真实的伟人、名人、有重大历史贡献和成就的人，也可以是虚构的传奇式人物或普通百姓。无论他是什么人，编剧必须先预设他为“有故事的人”。也就是说，必须先把人物立起来。这样做的目的是给观众制造大悬念。例如：他是一个历史名人，或者他做过某些令人难忘的事；他死了，他病了，他受伤了，他登上了珠穆朗玛峰，等等。然后再来说他的身世，再来说钢铁究竟是怎样炼成的。观众除了想通过故事解开什么答案或谜团之外，主要还是关心一个人的历史、经验和阅历，想从中看到一些有意思和有意义的东西。

2. 结尾处须盖棺定论。先给主人公一个评价，这是一个伟大的音乐家，这是一个十恶不赦的混蛋，这是一个对全世界奉献过最多笑声的喜剧艺术家等。这种特点尤其适合于传记片。不管主人公死了还是没死，观众总有兴趣要从他的身世中找到启迪、启发和人生感悟。这个定论，其实就是全剧的主题思想。

3. 截取生活中重要的片段。人生是漫长的，编年史类型结构的电视剧所用的办法不是模糊而是清晰化时间的概念。多数情况下，编剧采用的是截取生活中某些重要的段落的方法来组织故事。假想一个人一辈子有 70 年，编剧拿着一把剪刀，根据这个剧的主题思想，去截取若干有趣和有意义的段落，把它们串联起来，构成一个长剧。

4. 不一定有高潮，但要有递进。这种类型的电视剧，由于它是展现人生的过程，所以不一定要刻意摄制全剧的最大高潮点（有更好，没有也没关系）。而且，这种剧一般采取编年排列，也许人生中有几次辉煌，却并不在最后一集，所以往往不能构成观众习惯于等待的高潮点（也许那个高潮在剧的中段就已经发生了），但写到剧里来的段落和截取的片段必须围绕主题（需要预先提炼）有递进的发展。这就要求编剧大胆删除对主题没有关联的部分，突出有关联部分。直到将主题阐述和诠释充分时，戛然而止，形成结尾。

《金婚》和《金婚风雨情》属于此类型作品。

今天讲的是电视剧常见的结构类型，其实不是结构技巧，结构技巧要细致得多，复杂得多。而且，四种之外，并为穷尽，挂一漏万，仅供参考。

新编剧：谢谢陈老师，今天收获很大。

谁能做编剧？

新编剧：陈老师，我想请教一个问题。

陈秋平：你说吧，什么问题？

新编剧：我已经毕业好几年了，在一些传媒公司和制片公司也做过编辑和文学策划，但我自己的梦想则是想做一个职业的编剧。所以，上班之余，我总是在独自做一些剧本创作和策划，但几年下来，由于时间有限，工作辛苦，编剧方面的进步和进展都不明显。我现在的纠结就是，到底应该辞去编辑的工作，潜心创作，还是继续现在这样的业余写作？我如果贸然辞职，家里会反对，我自己也吃不准，不知道我是否真的能做一个职业编剧，靠这个手艺生存和发展。所以想请教一下您，怎样的人，才能做编剧呢？

陈秋平：哦，这个问题常有年轻的朋友提起，这是一个带有普遍意义的问题，不妨在这里再回复一遍。

新编剧：希望得到老师的指点。

陈秋平：不是指点，是分析问题，同时针对自己的情形设计解决问题的方案。

先探讨一个问题，就是当编剧，到底需要一些什么条件或素质。在说这个问题之前，我们先确定一下，编剧到底算不算一个职业?

答案是肯定的:是!编剧是一份职业,因为从事这个职业的人可以靠写剧本养家糊口,买车买房,生儿育女。但需要解释的是,“职业”这个概念有两种理解,广义的,和狭义的。广义的理解,就是可以靠这份工作获得经济收益从而生存和发展的,狭义的,则是有没有人或公司雇佣你,让你去上班,拿固定工资,有五险一金。而编剧,大多数属于自由职业者,用国外的说法,叫作“自雇职业”。用中国的说法,叫作“手艺人”,靠手艺吃饭,为别人提供手艺和服务,没有发工资的老板,没有固定的工作场所和工作时间,计件取酬。

鉴于上面的说法,如果你希望有一份固定的工作,有社会保障,就不能指望靠编剧来做职业,尤其是早期,当自己在业界还没有基本的名气和资源,过早做职业编剧,是很被动,很辛苦,风险很大的。

新编剧:既然做职业编剧有这么大的风险,那么老师,为什么如今有那么多年轻人希望从事编剧这份工作呢?是不是觉得做编剧更加有面子?更加受人尊重?

陈秋平:从理论上说,既然编剧是一种职业,是一个工种,就如同木匠、钟表匠、铁匠、泥瓦匠、油漆匠一样,就没有什么高低贵贱之分,都是手艺人嘛!但这只是理论上的,实际上,虽然编剧在影视圈尚不如导演和演员那样光彩照人,但也是巨大的名利场上的主角之一。其头顶上的光环和荣耀,足以让人目眩,受人艳羡。更何况,编剧的稿酬,就是卖剧本的收入,随着影视行业的繁荣,也达到了前所未有的高度。记得在一次海峡两岸编剧论坛上,一位著名编剧说,我们应该感谢这个时代,因为中国的文人第一次把文字卖得如此好价钱!稿费高到什么程度?很多行业外的人都有这个好奇，大编剧们的稿酬，已经直逼好莱坞。如今有投资人给著名编剧开出每集电视剧剧本50万元人民币，也不足为怪。当然这一个是极端的例子，大多数编剧还是廉价的。但可喜的情形是，许许多多的青年编剧的确已经职业化，他们可以靠编剧手艺为生了。编剧，已经成为当下中国的一个可供年轻人选择的自由职业了！

新编剧：这个职业有门槛吗？需要什么样的条件，才能做职业编剧呢？

陈秋平：既然是一种自由职业，就是人人皆可从事。你提到“门槛”，到底有没有这个门槛？可以说没有。编剧实现其价值，就是卖掉自己的剧本。在剧本市场上，没有任何一个买房要求编剧提供诸如文凭、学历、资格证书、考级证书、名人推荐、身体健康证明，不论男女，不问年龄，不在乎兼职与专职，不用坐班打卡挤公交，甚至不管你之前有没有相关工作经验等，只要剧本写得好，符合买房要求，就能成交。但实际情况是，编剧要卖掉自己的剧本，仿佛又有一道无形的门槛，这道门槛似乎又特别特别的高，高到不可捉摸，难以企及。通常我们说的是，入行困难，出道不易，成名几乎遥不可及。为什么会这样呢？除了这个行当太过于专业和狭小，剧本需求量本身是有限的，对应的人才非常挑剔之外，当然这个就跟我们刚才说的一些编剧素质有关了。

新编剧：老师快说，编剧需要什么素质，急不可耐了！

陈秋平：编剧必须具备什么条件呢？

1. 耐得住寂寞。编剧是孤独的，他必须一个人，在安静的角落，沉下心，这样，缪斯才会前来造访。对于一个现代人，这多难啊！如今生活如此精彩，色彩如此缤纷，朋友们都在热血奔涌，尽情享受阳光。门外诱惑多多，关起门来，手机都在不停地颤抖，你的内心能够不浮躁，能够安静下来吗？坐在电脑面前，断掉网，你灰感觉到寂寞和孤单吗？你能够有效排除各种干扰，迅速进入状态，开始爬格子吗？

2. 行动派。在许多人的心目中，写剧本是艺术创作，是一件了不起的事，须净手焚香，顶礼膜拜，静候灵感从天而降。如此以敬畏之心对待影视剧创作本身也没错，但当写剧本成为一次亲历的实践，甚至成为一项拿钱的工作任务的时候，这样的心态就显现出负面的效应了。因为对于职业编剧来说，你有灵感要写，没灵感也得写。对于一个学习写作的人来说，总是不断策划，不断推翻，打开电脑又关掉，开了无数次头都半途而废，甚至临渊羡鱼，踟蹰不前，这种性格和心态，是做不了职业编剧的。如今的影视剧已经产业化、流水线化，编剧已经成为这个产业链上的一环。写作的任务一下达，无论有无灵感，无论你的内心是阴晴还是圆缺，说哪天交稿就得哪天交稿。编剧讲究的是：说干就干。

3. 不要脸。这是开玩笑的话，指的是不要怕丢脸，不要太注重面子。一个编剧，当然需要保持自己的人格和尊严，当然要君子爱财取之有道，为五斗米折腰的事，不要去干。但编剧也不可自尊心太强，更不能自负、自大和自傲。对于新编剧来说，更需要注意的是，不要害怕别人的嘲笑和忽视。如果你怕别人嘲笑而不能下笔，或者你害怕写得不够好而不愿意将剧本昭示以人，你就做不成编剧。编剧这种钢铁，就是在众人的质疑和嘲笑中炼成的。

4. 逻辑思维强。对编剧的要求，需要三分想象力，七分逻辑力。想象力像孩子，逻辑力是成人。当你听一个孩子讲他漫无边际的幻想，最多赞许他天真烂漫，但不会为他的“故事”着迷，不会探究，不会好奇，不会较真，不会期待，不会震撼，不会深思，因为他的故事是碎片化的，是随机的。要被感动，必须故事真实可信。而真实可信的检验标准，就是逻辑！左右前面提到的感受，都需要一个逻辑缜密的故事序列才能达成。写剧本事实上是一系列的推理过程，我们必须在平时锻炼自己的逻辑思维能力。许多同学认为剧本创作可以信马由缰，那是错的。策划阶段可天马行空，驰骋想象，而落笔时，每一个果皆来源于相应的因，必须逻辑严密。不符合逻辑的故事和人物，不会取信于观众，自然也不能感动他们。

5. 有想象力。想象力，也叫发散性思维。当一张白纸放在面前，一切皆未可知时，需要全力发挥编剧的发散性思维。一个恪守教条、思想保守、按部就班、循规蹈矩的人，注定创造性思维的缺失，他一定没有灵光闪现，所写出来的东西，无法给后续创作以足够的选择和取舍的空间，如此，谈何创作丰富多彩的优秀作品？

6. 不怕修改。业内有句俗话说得好：所有的草稿都是臭狗屎！俗话还说：好作品不是写出来的，而是改出来的。大胆落笔，不怕修改，这样做，还可以帮助我们克服创作中常犯的错误——完美主义。不要以为完美主义是褒义词，其实，完美主义害死人！求完美，总让我们不敢下笔，不敢把写好的作品给别人看，久而久之，我们只能怨天尤人，最终为写不出来作品找了一大堆的借口。

7. 有一份痴迷和梦想。要进入编剧这个行当，必须有一个漫长的成长期。一上来就像从事这个职业，会遭遇很大的挫败。即便有人一两部戏就顺利上路了，日后的路依然很长很艰难。如果还想大有作为，那就更是难上加难，也许那将是一生的奋斗。罗马不是一天建成的！正因为如此，想从事这个职业的同学，除了有耐心和勤奋，更要有一种对影视创作的热爱，对未来的梦想憧憬。否则，这路走起来，将痛苦不堪。为梦想而奋斗，才是无怨无悔的。

好了，以上说了七点，我并不是说，你具备了以上七点，就一定成为一个职业编剧。但我们可以反过来说，如果连以上七点都做不到，那你成为职业编剧的想法，就是空想。

新编剧：谢谢陈老师的指点，我回去想一想，到底怎样走今后的路。

不要害怕剧本小偷

新编剧：陈秋平老师，我有些问题想请教一下你。

陈秋平：请说。

新编剧：是这样的，我是一个入门不久的编剧，之前只是给人做枪手的，最近在微博上认识一个演员，然后他说手里有个自己一两年前的剧本项目（成熟剧本），想重新启动，约我探讨一下。见面聊了之后，他把剧本发给了我，说如果我有兴趣，可以让我修改。还说我看完之后，可以打乱剧本所有构造，希望要表达的核心意思（人性回归）不变。我看故事梗概，根据我的想法对故事进行了完全的颠覆，包括人物设置、情节的穿引等都颠覆掉了。我给他打电话，粗略地讲了一下为何要这样做的想法。他叫我把新做的大纲发给他，他拿给公司看，如果可以就继续。但是我担心自己的劳动成果会不会被窃取，所以犹豫要不要发给他。因为整个故事的架构已经被我完全修改，人物设置也是全新的，只是保留了之前剧本中的一个引发事件“车祸”，我不知道该不该就这么发给他。之前做枪手没有牵扯过所谓版权归属的问题，是一直在帮一个类似于“师傅”的人做，大家相互熟悉和了解，我不用担心那么多。但是这个人我不了解，所以我不知道该怎么去进行下一步的操作，请老师给点建议。

陈秋平：你如果不了解，也不信任这个人，可以简单地拒绝他，不和他合作就是了。如果已经决定和他合作，但还是不放心，你可以先对他做进一步了解。

新编剧：但是您知道，作为我们这种初出茅庐的孩子，又怕因为自己的多虑而丧失机会。

陈秋平：你的确是多虑了。你的多虑倒不在于是不是应该对他有所怀疑或警惕，也不是你到底应该信任他几分。你的多虑在于，你居然不敢对他进行深入的了解和调查。你多问几句他的情况，对他的公司信息打探一下，包括他以前做过什么，有过什么作品，网上是否搜得到一些有用的信息，然后对他做一个初步的综合判断，这样做，并不会让你丧失机会。如今网络如此发达，想知道这个人和公司的基本情况，到百度上搜一搜什么都有了。还可以找到电话号码，打过去询问几句，落实一下。这些工作都做完之后，假如你得到的信息和印象还是负面的，还是觉得不敢相信这个人，那就不合作。这个丧失的有可能就不是机会，而是陷阱。

新编剧：可是，机会对于我也很有诱惑力。

陈秋平：那你还是想做这件事，对吧？

新编剧：是的。

陈秋平：如果特别想做，也有办法，就先把你的大纲拿去注册一下。然后告诉他，你已经将新的大纲注册过了。说这话就是提醒他，别伸手，伸手必被抓！这件事你不用过度纠结，因为根据你所说的情况，这事儿八字还没有一撇，离成功还远着呢。不过，你说的这种情况和心态，倒是具有相当的代表性。我经常遇到新朋友问这个问题，究竟怎样既不丧失机会，又能保护自己作品的版权？

新编剧：对，我纠结的就是这个。

陈秋平：其实不用太过于纠结。刚才说了，你如果对对方不是很了解，可以进一步了解。但是，了解了他的信息，哪怕他给了你许多真实的信息，你已经对他有所了解，也还是要做好一个准备，那就是他把你的故事梗概拿去用了，不给你任何回复。或者回复说，他们看过了你的故事梗概，但决定不予采用。

新编剧：那说明什么呢?

陈秋平：说明他们没有看上你的故事。

新编剧：他们看不上我的故事，我也不会怪他。但我怕的是他们其实是看上了我的故事，但并不想付给我钱。也就是他们采用了我的故事，却找了别的编剧去写剧本，跟我没有关系了。

陈秋平：你就是担心他们偷走你的故事，对吧?

新编剧：是的。如果真是那样，我该怎么办呢?

陈秋平：你毫无办法。如果你的故事注册过了，而且将来在他们的剧本拍出来的作品中和你的故事有很高的相似度，你可以跟他们打官司。但是这样的官司很难打，成功率也很低，因为故事阶段，太容易被改头换面，相似度很难取证。当然，我还是认为维权是必要的，但我想说的是另外一方面，就是想告诉你，这个被人偷了故事的风险是存在的，很多时候，别说是新编剧，即便是老编剧，这样的情况也往往是难以避免的。这个就是代价，每个人都有可能遇到的。

新编剧：我就认命吗?

陈秋平：能争取的就争取，能维权的就该维权。该做的都做了之后，还是无法解决问题，就认命了。换句话说，故事被人偷了就偷了，没什么大不了的。不过就一个梗概而已吗?不用纠结。而且这样的事有太多的人曾经遇到过，以后还会有人遇到。

新编剧：自认倒霉吗？

陈秋平：是的。不过，我想说的是，你可以换一种思考模式来对待这样的事，你就不会觉得太亏了。

新编剧：怎样讲？

陈秋平：你现在的思维，是把自己当成一个卖东西的商人，你在卖自己的故事。问题的关键在于，故事不讲给人家听，人家不会买；故事讲给人家听，人家就也有可能不买，而是直接偷。着就是你的两难。这个不是你的错，而是这种商品（故事）的特性决定的。这种特性是不会改变的，所以，要改变的是你自己。你现在换一种想法，不把自己当成卖剧本的商人，而设想自己是一个钓鱼人。你去钓鱼，得在鱼钩上挂一些鱼饵吧？你不可能拿一个空钩去钓鱼吧？你放下去一个鱼饵，当然得尽量让鱼对鱼饵感兴趣。所以你得尽量给一个好吃的鱼饵，香喷喷的。这样做的目的，当然是为了钓上一条大鱼。这样做的危险，当然是鱼把饵吃掉却不咬钩。这样一想，你就想通了，哪里有钓鱼人百发百中的呢？哪里有害怕鱼把鱼饵吃掉的钓鱼人呢？

新编剧：钓鱼，这样的比喻似乎还蛮贴切的。

陈秋平：你就选择吧，要么放弃钓鱼，不干这一行；要么拿一枚空鱼钩钓鱼，不放鱼饵；要么像常规的钓鱼人一样，给鱼钩挂上饵钓鱼——就这三种选择，没有别的选择了。关键是，你不会指望那条鱼从水里自动跳上岸，跳进你的桶里、锅里和碗里。这是问题的关键。如果你遇到一个钓了一天的鱼，所有的饵都被鱼偷吃了，空着手回家的钓鱼人，你也不会笑话他的，因为他就是这个职业——钓鱼人。

回到卖故事上来，卖故事，其实就是卖创意。你的故事被偷了，就是小偷拿走了你的创意。好在你的脑子里创意无穷，好在你的脑子有可能会越用越好用，这也许就是你的收获。你不要为一个两个创意被人盗用而过于悲伤，你稍微悲伤一分钟，就重新开心地笑出来。因为你虽然没有卖掉创意，你却锻炼了创意的能力。

新编剧：嗯，明白了，陈老师，作为现在的我，应该更多的是给自己机会去证明自己的实力，哪怕这实力一时间无法得到他人的认可，甚至故事被人盗用，我也应该放下心结，往好的方面去想，至少，我做的东西，有人看得上，说明我还有利用的价值。

陈秋平：要想通这个问题，还可以再换一个角度。在很多人看来，作为一个编剧，要卖的东西是自己的剧本。但我们可以不这样看。要知道，大多数职业的影视编剧，并不是做原创剧本的，他们都是“来料加工”或者“命题作文”，就是由买房设定一个主题，一个题材，甚至一个人物设置或人物关系。他们干的是订制剧本的活儿。要有人愿意请你写这样的订制剧本，就得先让人知道你有写作剧本的能力和才华。说到底，在编剧这个行当里，与其说你推销的是自己的剧本或者故事大纲，不如说你在推销你自己的写作才华和技巧，在推销你的大脑。换句话说，你可以理解为你自己就是一个商业品牌。你要为这个品牌做广告，做推销，你要让很多人很多公司知道有你这个品牌。怎样去做呢？那你必须扩大宣传！你完全可以把所有的这一类找你写故事梗概，找你交你的原创故事的机会，都当作推销你自己这个品牌的渠道，把你所有的故事梗概和剧本，都当成是宣传广告。打广告是要付出代价的，那些所谓的名牌商品，天天在央视、卫视大广告的商品和品牌，它们之所以成为名牌，除了产品质量好之外，每年要花上亿上十亿的金钱来打广告。这些企业的领导人绝对不会因为他们的广告被许多观众看过了，却不买他们的产品而不高兴，而愤怒，而沮丧失落，他们更不会因此而放弃打广告。

新编剧：这样一想，似乎心情好多了。

陈秋平：还有，你还可以换位思考一下。你假如不是一个编剧，而是一个商人，一个制片人或投资人，你的任务是什么？当然不是写剧本。你是买剧本，然后融资，然后聘请导演、演员和其他职员将剧本拍出来成为影视作品和商品去赚钱的人。当你看到一个编剧，一个有才华的编剧给你提供的一个好的故事梗概，你的第一个念头难道会是不付钱，偷了，换一个人写剧本？你会这样考虑问题吗？我想你不会，大多数制片人或投资人都不会这样想。因为你自己不会来写剧本，偷了故事，总得有人来写剧本对吧？既然这个编剧能创作出一个好故事，而且对这个故事如此了解，为什么不就请他写剧本呢？换一个编剧，难道不付钱？难道会比这个编剧更贵？既然请谁都是请，为什么要换人呢？换人的必要性是什么呢？你偷了一个编剧，从此你就伤害了他，你也许就失去了一个可以和你长期合作的好编剧，你为什么要这样做呢？他为什么会一时贪小便宜失去他呢？假如你把这个编剧当成一个可以下蛋的母鸡，下很大的蛋，下很多的蛋，你为什么会为了一只还没有成熟的蛋而把他杀死呢？杀鸡取卵的事，只有傻子才做。相信多数制片人不是傻子。

新编剧：嗯，听老师的一席话，我想通了。那我就不再犹豫了，我会去试试，把我的故事梗概投出去。只有试了，才有机会。不试的话，自己空悲戚空叹气是极其无用的。

陈秋平：这个故事梗概，你是决定给他或不给他，并不重要。重要的是，你采取怎样的心态和思路去处理类似的问题。今天讲的这些话，归结到一点，就是告诉你，以及和你一样的年轻朋友，不要害怕剧本小偷。至少，不要因为害怕剧本被盗用，而放弃了朝前走。

新编剧：嗯，我的确要换一种思维模式，要学会在这个影视圈子里生活得如鱼得水。看来我现阶段需要快速成长，等有一天处理类似问题，甚至更大的问题都能游刃有余、驾轻就熟的时候，我才能算是真正地长大了！谢谢陈老师的教诲！

剧本能卖多少钱

新编剧：陈老师，您好！打扰问下，如果我出售自己的剧本要价 40 万元人民币，您怎么看？

陈秋平：什么剧本？电影剧本，还是电视剧剧本？

新编剧：电影剧本。

陈秋平：嗯，对于一部电影剧本，40 万元的价格不奇怪。但是，你要价 40 万元的依据是什么？

新编剧：我认为我的剧本写得好，如果哪家制片公司把这本子拍出来，到电影院一放，他们可以赚来更多的钞票。我的本子题材好。

陈秋平：谁给你的这个评价？

新编剧：我自己。

陈秋平：哦，这就没有意义了。

新编剧：为什么？

陈秋平：因为自己的评价有情感的倾向性，自己当然喜欢自己写的剧本。而且，这样做也不是市场的观念。

新编剧：怎样做才对呢？请老师明教。

陈秋平：举一个例子吧。比如，我是一个画家，画画的，你是一个画商，买画的。我画了一幅画，想卖给你。你问我多少钱？我也不知道怎样报价，但我听说过，一幅画的价格是从几百元一直到几千万元。我一想，觉得自己画得还不错，于是我就喊了一个居中的价格：40万元。你作为画商，会出钱给我买吗？

新编剧：我也许会出。

陈秋平：也许？还是确定？

新编剧：不确定。

陈秋平：对，不确定，就需要依据，进一步确定。于是你问我同样的问题：你定价40万的理由是什么。我回答：我觉得我画得很好。我认为你拿了我的画，即便卖不到几千万，几百万是可以的。既然你可以卖那么高，那么你出40万算什么，反正你又不是没有钱。你作为一个资深的画商，你会怎样看我？

新编剧：您的意思是我有“病”？

陈秋平：我没说你有病。我只是想说，你完全没有市场的观念。

新编剧：这个我承认。可什么是市场观念呢？

陈秋平：市场观念，就是怎样看待供需关系，怎样看待买卖关系。你没有这方面的观念。

新编剧：这个我的确不懂。可那有什么关系呢？

陈秋平：当然有关系。价格来源于买卖，就是我的画在你这位买家那里，有多大的价值，是买家的看法，不是卖家的看法。如果你不懂这个，那就说明你的剧本想卖40万元是不可能的，至少是没有根据的。

新编剧：我是初来乍到，这样吧，老师我给您打一段话，您评价下，看看是不是值那么多钱，可以吗？

陈秋平：你别打，打了没用。我不可能从一段话去评价卖40万的可能性。即便我说值40万，也没有用，因为我不是买家。我想指出的是，你的思路不对。

新编剧：哪里不对呢？

陈秋平：我来给你分析一下吧。你写的是电影剧本，我告诉你，一般电视电影的价格。电视电影，就是主要在电视上播出的电影（有可能上不了电影院）。中国有一个专门播映电影的卫星电视频道，就是中央电视台第六套，通常我们把它叫作电影频道，或者叫央视六套。假如你的剧本想卖给他们，假如你的剧本真的达到了拍摄的水平，多数情况下价格大约在 3 万元至 10 万元。为什么是这个价？因为在那个平台上，拍摄完成的电视电影作品，买家只有一个，就是他们央视六套。他们收购电视电影的卫星电视播映权的价格也就是100 万到120 万，最高的也就是200 万。从上往下推，剧本的拍摄成本就不可能高，高了就要亏损。120 万的收购价，拍摄总成本包括税，不能超过 100 万。100 万元是很多制作部门包括演员片酬都在里面，所以，买剧本的钱，就只能拿那么一点点。在这个前提下，所以我刚才说，你把你的剧本定价为 40 万元，理论上说，虽不过分，但很难实现。上院线的电影有所不同，院线电影，是指可以拿到电影院去放映的电影。我们知道，近几年国产电影的票房一直在节节攀升，如今过亿票房收入的电影已经不少，甚至过 10 亿，过 20 亿票房的电影也已经出现。一部院线电影可以卖到这么多钱，能够拿出来买剧本的钱就可以高一些，可以高到几十万元，甚至几百万元。但多数情况下，还是 10 万元—50 万元。为什么？因为别看高票房的电影已经出现，但拍电影的公司大多数是亏损的，他们不愿意花高价买剧本，不愿意承担过高的风险。这是市场的宏观面情况。

回到你的情况，你说你的剧本想卖 40 万元，也没关系。你甚至还可以要价 50 万，或 60 万，这个都没关系。但你必须清楚，这个价是一个虚拟的价，是“漫天要价”，是对市场的投石问路，是火力侦察，要允许别人“就地还钱”。这个就是我说的市场观念。举个例子吧，比如你拿了一筐鸡蛋到市场上去卖，人家问你，这鸡蛋多少钱一个，你是新来的，对市场价格不了解，你完全可以喊：一个鸡蛋 40 万元！但是人家说太贵。你就说，有心买，你就还一个价吧。那人说：4 角钱一个，怎么样？你一想，4 角钱虽然和 40 万元落差太大，但你来都来了，如果卖不掉，再把鸡蛋搬回家，路上说不定就碰坏了，拿回家自己也吃不完。于是你说：行，卖给你吧！成交！市场就是这么回事。

新编剧：您的意思我明白了。我可以说下我的看法么？

陈秋平：你说吧！

新编剧：鸡蛋会坏，剧本放得再久也不会坏。低于 40 万，我就不打算卖，这样可以吗？

陈秋平：当然可以。这个是你的自由。你的理由也很充分，的确有剧本卖到 40 万的呀。为什么他们可以，我就不可以呢？那么我来告诉你，这 40 万的价格是怎样来的。

我们设想有这样一个编剧，他第一个剧本卖了 4 角钱，和一个鸡蛋一样的价。结果制片人拿去一拍成电影，花了 100 万，卖了 500 万，净赚 400 万。下一次这个制片人来找编剧，要编剧再给他写一个剧本。编剧说，不行，我太亏了。那制片人说我给你涨价。编剧问涨多少？制片人说，六毛钱吧。编剧把制片人推出门，把门关得严严实实的，不让他进屋。制片人在门外喊，我错了，刚才我所的话收回，不算数。我再给你涨点价，涨到一块钱！编剧不理。五元！不理。50 元！不理。500 元！还是不理。5000 元！编剧打开门，制片人以为成交了，结果出来的不是编剧，是编剧泼出来的一盆洗脚水——哗！淋得制片人成了制片落汤鸡。

但制片人不愿意走，把衣服脱下来晒干，等到编剧开门出来时，拉住编剧的手称兄道弟。说“哥哥我也不容易啊”！“这样吧，这次我给你5万元”，编剧终于干了。

结果这个制片人把5万买来的剧本拍出来又卖了1000万！这次编剧的名声就大了，天天门口都蹲着好几个制片人等他出来要买他的剧本。好几家甚至拿着现金，随时准备把钱塞过去。这个时候，编剧就随他们几个制片人争，争来争去，打得头破血流，他只是坐山观虎斗。最后有个制片人把价格出到了40万元，成交了！——40万元价格卖一部电影剧本，就是这样形成的。这就是市场观念。

剧本的故事到底是什么?

新编剧：陈老师您好！能请教您个问题吗？

陈秋平：：什么？

新编剧：我写剧本出现一个问题，人物成单线人物了。一般不是有花开两朵，各表一枝的说法吗？电视剧经常是各表几枝。我写到第二集，发现一直跟着主要人物走，副线人物时隐时现。

陈秋平：你没有故事梗概吗？

新编剧：有。但总不能没事就表现副线人物吧？

陈秋平：既然梗概里面有副线，就不会丢。副线为主线服务。

新编剧：但我觉得很可怕，因为一场场下来，我发现都是女主人公。或者需要和副线人物交集的时候，副线人物才出现。

陈秋平：都是主人公，也没什么呀，这不可怕。

新编剧：总觉得是个问题，单薄。独角戏。

陈秋平：你在犯写作焦虑症。

新编剧：可能是。

陈秋平：你告诉我，主角的动作是什么？

新编剧：动作就是为了欲望，利用男人获取金钱权利地位的过程。阻碍来自于竞争，情斗等。

陈秋平：那副线人物的动作是什么？

新编剧：我写的这个故事，有点《甄嬛传》的感觉，大家都是为了往上爬。正是因为这个目的，我突出主角。是这个原因导致副线弱吗？应该更加明确共同欲望，对吧？我只表达的是主角的欲望，副线人物的动作并不明确。

陈秋平：这样谈，很空，没有针对性。你告诉我，主人公和副线人物（配角）是什么关系？

新编剧：同事。她们之间是一个公司的内部竞争。

陈秋平：竞争对手吗？

新编剧：不完全是，有一部分是竞争对手，也有相互利用。

陈秋平：我大概能够揣摩到你的意思了。你是怕单线故事不好看。

新编剧：对。

陈秋平：所以想设立副线，但副线有显得可有可无，若隐若现。于是还是给人单线的感觉。是这样吗？

新编剧：是的。

陈秋平：我再问你一句话，你觉得什么是故事？

新编剧：故事就是人物为了实现一个目标而奋斗的过程。这个过程中人物的改变和遭遇。

陈秋平：你说的没错，但也有问题。可能你的问题就出在这里。许多人写剧本，都容易在这里出问题。比如说，写两弹一星，就写科学家如何克服重重困难，造成了两弹一星。再比如，写大决战。就写如何把这场战争打胜。比如说写创业，就是一个人或一群人如何把一个又一个的困难克服，最后发财了。这种写法虽然没有错，却容易见事不见人，会显得匆忙而单薄。我的观点是，故事应该写两个东西，有可能会一个强点，另一个弱一点，或者两个都强，但是应该不要只写一个。

1. 人物的动作。或者也叫人物的任务，人物的使命，人物的命运。就是一个主人公他想干什么，最后干成了，还是没干成。

2. 人物关系的演变。这个非常重要，人物之间要有关联，要有戏剧性的关系。刚才我问你，主人公和副线人物是什么关系，你说，是同事。同事、同学、父子、姐妹等，这些关系当然重要，但这只是第一层关系，就是天然的社会联系。但这种关系还不是编剧最重视的。编剧重视的是在这个关系基础上发展出来的戏剧关系。戏剧关系，就是某种戏剧上的因果联系。比如刚才我问，是竞争对手吗？这就是戏剧关系。通俗一点说，戏剧关系，就是恩怨情仇，生离死别。你打我一拳，我得想办法踹你一脚作为报复。如果你把你的人物的这种关系编织好了，就不会觉得副线人物可有可无。那样副线就产生意义了，就有戏了。就可以像你说的那样，话分两头了。

新编剧：就是说副线人物的动作应该是对应主角的，目的也应该是针对主角的对吗？

陈秋平：有可能是这样，但这个不是根本。根本是关系的性质，你说的那个不够准确。我不知道你的故事，人物和人物之间的关系，并不一定是“对立”这么简单。你听过王力扶老师的那个讲座吗？简单讲一下，举个例子吧，《拿什么拯救你我的爱人》看过吗？

新编剧：看过。

陈秋平：海岩的作品。剧中那个男主人公是个律师，他爱上了女孩，女孩却怀念她的前男友。等女孩差一点就爱上律师时，前男友出现。俩人正要私奔，就前男友就被公安抓了，涉嫌故意杀人。女孩儿不相信前男友有罪，决心要救前男友，但却没有钱请律师。男主人公表示自己可以免费救女孩的前男友。剧情到此，这就形成了一组很好的带有戏剧性的人物关系。男主人公出现了两难，面对女孩的前男友，是救，还是不救呢？救了，救成功了，自己喜欢的女孩没了，肯定跟前男友走了。救不成功，女孩儿肯定会记恨，认为是他假装去救，实则不用心救，女孩儿也会因此而离开他。这样两难纠结的关系，就是构成整个这个剧的坚实基础。这就是我说的人物关系。王力扶老师说得更绝对，故事就是人物关系。我说，故事是两样，人物动作和人物关系。我在一条微博中，还把人物关系的价值评价得很高，叫“永动机”。如果编剧在创作剧本之前把人物关系编织得很好，就如同启动了一台永不停息的机器。只要随便往人物之间扔进一块石头，故事就动起来了，人物就动起来了。这时，你想写 20 集，就写 20 集；想写 80 集，就写 80 集。如果你事先没有设计好人物关系，写的时候就会累死你。你写了第一集，不知道第二集会发生什么，到时候再想。好不容易写好了第二集，又不知道第三集写什么了。所以，不是简单地给副线人物安排一个动作——这个当然也需要，但真正内核是他们之间到底是什么关系，这种关系会不会给观众留下悬念。什么是悬念呢？

新编剧：观众不知道的事。

陈秋平：用通俗的话来解释，悬念就是观众要问“后来呢”的东西。我们小时候听大人讲故事，讲到精彩之处，我们就会急不可待地问：后来呢？后来怎样了？在刚才那个剧里，律师主人公告诉女孩，让我来给你打这个官司吧，不要钱。如果海岩在这个时候停下来，观众就会急死。会问：后来呢？这就是人物关系造成的悬念。从技术上来讲，只要你编织好了人物关系，你想讲主线故事也行，在必要时跳到副线，讲副线人物的故事，就写他，也没什么不可以。

新编剧：嗯，直接跳到副线人物，那也必须和主线人物有关吧?

陈秋平：如果副线人物和主线人物有必然的联系，当然副线人物的任何行为都会与主线人物有关系。我再给你举一个例子，电视剧《钢铁年代》。一开场，共军打国军，国军军官想起义，共军军官从阵地上站起来，走向国军，和国军军官谈判。结果两人都遭冷枪，双双倒在血泊中。共军军官死了，国军军官活了。共军军官的妻子从老家来收尸，没找着。她因为会游泳，帮刚被共军接管的“鞍钢”厂里从河里捞国军逃走时扔进去的零部件，认识了起义后成为工程技术人员的国军军官，两人好了，最后成为一家了。万万没想到的是，共军军官死而复生，从坟墓里被扒出来，身体复原后下地方，当了“鞍钢”的领导。当他看见自己的老婆成了敌人的老婆，自己的儿子要叫敌人爹的时候，这个关系就让观众非看下去不可了。这就是人物关系的戏剧作用。剧情发展到这个地方，不管编剧把视角对准共军军官（主线)，还是对准国军军官（副线)，观众都不会觉得游离。当编剧只写国军军官家庭生活的时候，观众丝毫不会觉得这与共军军官（主线人物）无关，也不会觉得可有可无。恰恰是两头的故事都缺一不可。这样讲，你明白了没有?

新编剧：明白了。

陈秋平：明白了，你就去重新去勾连你剧中的人物关系吧！让人物和人物之间产生因果关联，产生某种戏剧性。如果你的人物关系没有勾连，即便你设计了一个副线，也有可能是虚的，是一个假的副线。

新编剧：好的，谢谢陈老师！所有人的关联都需要有因果关联吗?

陈秋平:所有的人都有因果关联,是不可能的,也没有必要。所谓关联性,其实是生活中本来就有的。生活中人和人的关系,总是错综复杂,犬牙交错,你中有我,我中有你的。只要你觉得有必要,就把他们的这种关系找出来用上。到底写什么关联,不写什么关联呢?那是根据你的需要,尤其是根据你的主题需要,你的人物塑造的需要,你的戏剧效果的需要来决定的。

新编剧:明白了。

陈秋平:为了进一步说明这个道理,不妨再多举一个例子吧。这回不是电视剧了,是假设,给你讲一个我这一刻灵机一动假设出来的故事。我来讲我自己怎样从一个穷光蛋,变成亿万富翁的故事吧。我怎么讲?我到底该怎么讲,你作为听故事的人才会感到有趣呢?两套方案,第一套方案,我就讲商战。我第一笔生意是煤炭,第二笔生意是钢铁,第三笔生意我改了,我去做摩托车配件,第四笔生意,我就做了摩托车组装,第五笔生意,我就改做了汽车组装,第……,这样写也不是绝对不可以,但是你不是商人,你也不是技术人员,况且,我们的电视剧拍好了,将来看电视剧的人当中,可能还有文化教育背景更低的,谁愿意听这个呀?!所以,我就有了第二套方案,我把这些商战故事放到后面去,让它退居二线,完全作为是故事发生和发展的环境和场景,是故事的背景。表面上看,我好像讲的是发家致富的故事,但实际上我要讲的根本不是创业。或者说,根本不是人和物的故事,而是人和人的故事。我来这样讲,我在这五次大的转型过程中,其实是遇到了五个重要的人。而且,这五个人不是一个分手了才遇到第二个。甚至,往往是因为认识了第一个,才导致我认识第二个;因为和第二个闹翻了,才碰见了第三个;而第四个人却在中途死了，我绝望中忽然想到了他和第五个人有联系，我才翻山越岭找到了第五个。而这第五个人，才是我发财致富的贵人！这样来讲一个故事多精彩啊！如果这五个人当中有一个美女，还有一个丑女。丑女是大姐，美女是小妹。丑女还想让我做她的丈夫等等，就更有意思了。这样讲，是否解决了你的问题呢?

新编剧：太好了！完全听明白了，我想我的问题已经解决了。嗯，好的，谢谢陈老师！

为什么我们感觉前途渺茫？

新编剧：陈老师忙吗？

陈秋平：有问题吗？说吧。

新编剧：今天听了著名编剧汪海林老师的课。听的时候觉得句句都有道理，但听完之后却觉得心里拔凉拔凉的，觉得我们这些新编剧像是走投无路，报国无门，前途渺茫啊！

陈秋平：为什么会得出这个悲惨的结论呢？

新编剧：是这样的，在汪海林老师的讲座提到，新编剧靠投稿这种方式去卖剧本，就如同大海里捞针。情况真的是这样吗？如果真是这样，请问，我们这些新编剧出的路究竟在何方呢？

陈秋平：为什么这样说？我还是不懂你的意思。

新编剧：简单说吧，汪老师所讲的，新编剧卖剧本很难，这让我感到失望。

陈秋平：我不是不懂你说的话的字面意思，而是不懂你的想法。不懂你的话里所包含的困惑和失望，是这个我不懂。

新编剧：现在轮到我不懂陈老师的意思了。你为什么不懂我的困惑呢？

陈秋平：换一句简单的话说，剧本不好卖，或者说剧本投稿命中率低，这个有什么值得困惑的呢？

新编剧：就是没有出路呀！

陈秋平：关键问题是，你只站在新编剧的立场上说这话，似乎新编剧没有出路。可真实情况是，即便是老编剧，卖剧本也一样的困难啊！老编剧投稿的成功率、命中率也非常非常低啊！难道老编剧也应该灰心丧气，灰头土脸吗？

新编剧：哦，是这样。

陈秋平：剧本难卖，这是每一个编剧，无论新老，是我们共同的难题，这甚至是一种常态，没有什么值得沮丧迷惑的。

新编剧：可是，对于老编剧来说，路虽然难走，但毕竟还有路。而对于新编剧，也许连路在哪里都不知道啊！这是不是太难了点呢？这就是我想表达的困惑，我们这些新编剧都为这事迷茫。

陈秋平：你的问题我明白了，就是如何走出投稿的困境？怎样才能卖出自己辛辛苦苦写出来的剧本？

新编剧：对，就是这个。

陈秋平：好吧，今天我就来谈谈这个问题，怎样卖掉自己的剧本？首先谈一下，你困惑的那个“路”。简单说，你写了一个剧本，然后拿给别人看，这就是路。可是，拿给谁看呢？

我曾经举过一个例子，假如我是一个木匠，我会做很结实很好看的桌子和椅子。我从山上砍伐了树木，回到家做好了一套桌椅，我该把它们拿到哪里去卖呢？

我家住在山脚下，就摆在家门口卖吗？不是绝对不可以，但人流量太低了，成交的可能性很渺茫。

我拿到大路边去卖，那里车来车往，十里八村的人也从路上经过，显然成交的可能性大了一些。

我拿桌椅去集市卖，成功率就大多了，对不对？这个过程，讲究的是人流量。但是问题依然还是有。如今的人，日子过好了，对家具的要求也高了，我做的桌椅在农贸集市卖掉的可能性还是小，同时，卖的价格也会很低。那我该怎么办呢？对了，去专业市场——家具城！

这个过程就更精准了——找到专业交易市场！

回到剧本，我要卖掉自己辛辛苦苦创作的剧本，就应该找到人流量大的，并且专业的地方。于是，我们大体可以筛选出以下一些地方：

1. 比赛：包括文学作品比赛（剧本稍加修改就是小说）的各种剧本大赛。简单搜一下，我们不难在网络上找到一些剧本比赛。有一次性的，主题性的，配合某个宣传任务的，也有常态化的，比如广电总局搞的“夏衍杯”（全程叫“夏衍杯电影剧本征集活动”）每年举办一届，已经连续举办多届，每届会推选出35部电影剧本获奖。比如北京电影家协会举办的“北京影协杯电影剧本征集活动”等。

2. 文学杂志投稿：如今文学杂志数量依然较大，但专门刊载电影剧本或电视剧剧本的很少。理论上说，各省都有一个专业的文学杂志，隶属于各省的作家协会。如果剧本质量很好，被刊载的可能性是有的。也有一些杂志专门开辟剧本专辑，例如中国作协办的《中国作家》，每季度有一个专门刊登电影剧本的专号。

3. 网站：作为文学形式之一，剧本也是可以上传到文学网站发表的。甚至现在网上也有了专门刊登和交易剧本的网站，比如《咖啡吧》《中国剧本网》等。

4. 制片人：在微博、微信上，有许多认证ID就是制片人，他们的专业就是制作拍摄各种影视作品的，换句话说，他们就是剧本的买家或买手。找到他们，给他们私信。或寻访到他们的邮箱地址，可以向他们投稿。

5. 编剧：许多职业编剧自己组建了编剧工作室，他们会邀请别的编剧加盟一起创作剧本，他们也有可能发现新编剧、培养新编剧，成为他们旗下的团队成员，你的剧本也可以投给他们。

6. 导演：导演是二度创作，除了可以自己写剧本的导演之外，其他的职业导演随时随地都在寻找适合于自己拍摄的好剧本。你把剧本投给他们，如果被选中，他们可以采取两种方式和你合作，第一种，是替你推荐到制片公司或制片人，并要求自己执导；第二种是干脆自己花钱买下你的剧本拍摄权，然后寻找制片公司投资拍成影视作品。

7. 栏目剧制作单位：栏目剧是一种低成本单集电视剧，一般隶属于某个电视台的某个频道。栏目剧一般是日播节目，就是每天要播出一集，所以对剧本的需求量很大。

8. 电影频道：正式的名称叫国家新闻出版广电总局电影节目制作中心，别称是“中央电视台第六套节目”，通常被人称为“电影频道”或“央六”。这个单位成立于 1999 年，其功能是担任中国电影在卫星电视上播出的任务。另外一个使命，就是支持中小成本制作的电影，给他们提供一个播出平台。所以，从建立之初，央六就一直在自己投资做一种小成本电影，叫作“电视电影”或“数字电影”。每年央六用于拍摄的资金超过一个亿，拍摄的电影数量在 100 部左右。

9. 制片公司：经过了二十多年的发展，中国已经形成了相当庞大的电影和电视剧制作产业，电影公司有几千家，电视剧公司也有几千家。这些公司多为私营公司，自主权很大，经验丰富，每年对于剧本的需求量也很大。怎样找到这些公司？渠道很多。你可以通过广电总局的立项公示（广电总局网站上可查）找到他们的名称，进而寻找他们的联系方式和邮箱地址。总之，你找到他们，比他们找到你容易得多。因为你在暗处，而他们在明处。

随便列举一下，就可以有这么多条路，怎么会说没有路子呢？

新编剧：哦，原来是这样，看来还真是有许多路子。可是陈老师，我经常听群里的编剧说，他们好多人也把自己的剧本投出去，但却屡屡受挫，如同石沉大海，没有回音。

陈秋平：哦，这个是第二个问题了。路有了，为什么剧本还是很难被采用呢？我想说的，和汪海林老师说的差不多，新编剧投稿如石沉大海，是一种常态。为什么呢？原因很多，大体总结如下：

1. 剧本水平不达标。这个是常态啊！写剧本，几乎没有门槛，谁都可以提笔就写。这个和其他的文学形式是一样的，比如我写一篇文章（包括小说、故事、剧本等）发表在网络的某个论坛上，或者你就将文章贴到自己的 QQ 空间、长微博或博客上，即便不是完全的石沉大海，也会回馈甚微。出来其他传播的原因之外，极大的可能性就是我所写的文章水平不够高，难以被人认可或共鸣。看到的人不以为然，不转帖，不点赞，不回复评论，就当这篇文章不存在一样。

2. 你的剧本虽然已经算是比较好的了，但还有更好的。这说的是竞争激烈。你知道每天游多少人在写剧本吗？我反正知道，每一届的“北京影协杯”投稿人数都在 500—1000，而每年获奖的只有十几个，入围的也之后二三十个。一个有名的制片公司每年或收到上千甚至几千部剧本，虽然这些剧本大部分很差，但也不难推测，会有相当一部分是有水准的。而每年一个制片公司能够拍摄的电影和电视剧数量是有限的。每部电影或电视剧的投资动辄几千万，甚至上亿，在如此巨大的经济风险压力下，制片公司当然要挑好中之好来孵化和拍摄。所以，剧本只是比较好，或者虽然质量还行，但同类剧本太多，或亮点和特点并不突出的剧本，就很难被采用。

3. 你的剧本错位了。也许你的剧本写得已经足够的好，但恰好你投稿的这家公司不做你剧本的类型或题材。某一个特定的制片公司，可能擅长于某种类型或题材，相反也许特别不擅长于做另外一种题材和类型。这个既缘于制片公司制片人的个人喜好，也受制于他们长期合作的团队和固定的购买方。一般特定的公司只选择适合于它的某个范围内的剧本（题材、类型、风格等），恰好你的剧本符合他们要求，那就是幸运；不符合的可能性远远大于不符合。

4. 投稿的方式方法不正确。你知道吗，一家制片公司的文学编辑每天要看多少剧本？也许上 10 个，甚至更多。换位思考一下，假如你自己就是一个责任编辑，每天看大量的烂剧本，你可能都看吐了，最后，你连提笔回复编剧的力气都没有了。面对这种情况怎么办？告诉你一个重要的窍门：认真写好故事梗概和故事大纲。通常情况下，一部电影剧本，我们需要分别写一个几百字的故事梗概，5000 字的故事大纲，以及 30000—50000 字的剧本。而电视剧，则需要 1500 字的故事梗概，5000 字的故事大纲，45000 字左右的分集大纲，以及 3—5 集精心创作的剧本。我所接触到的大多数新编剧不愿意写故事梗概和故事大纲，或者写也不认真写。但我们的经验是，大多数情况下，我们交易成功与否是决定于有没有一个精彩的故事梗概或故事大纲！就是说，在短短的几百字或几千字内，一定要充分展示故事的亮点和卖点，要突出人物性格和人物关系，要告诉读故事梗概或大纲的人（文学编辑或制片人)，这将是一个非常有趣和精彩的故事!

为什么我们提倡认真写好故事大纲和部分剧本?告诉你秘诀：编剧要卖的，其实永远都是两个东西：一是故事，二是写功。故事大纲可以看到故事的价值，而剧本却可以看出编剧的语言、细节、生活阅历、美学理念、哲学思考、感情把控等等。假如你只是故事编得好，人家也可能买你的故事，或者让你参与编剧，不排除在介入别的有经验的编剧，来提高你的剧本质量。你亏不亏?不亏!你既卖掉了你的剧本，又获得了一次跟师傅学习的大好机会。如果人家没看上你的故事，但通过你的剧本却发现了你是一个很好的写手，他们也有可能雇用你去写其他的由他们策划并通过的剧本项目。

新编剧：哦，明白了。可是陈老师，你认为制片公司采用或拍摄的剧本都是合格的或优秀的剧本吗?我看，即便是中央电视台播放的剧，也不见得部部都是好戏啊!

陈秋平：是的，许多已经被拍出来的剧其实也有烂戏，甚至有许多戏拍砸了，几年过去，片子还在库房里堆着。这样的情况并不少见。但这个跟你有什么关系呢?你不能因为看到了某电视台播出的是烂剧，就觉得你的烂戏（也许会比他的戏好看）就可以顺利卖给电视台。因为你没有他的命好啊!我们能做的，就是尽量避免我们自己生产烂剧本，而是认真创作出尽可能优秀的剧本，那样才有更大的胜算。

新编剧：听了老师说的这些情况，我就心里惶惑，我什么时候才能被伯乐发现?我怎么才能缩短奋斗的道路，尽可能快地走向成功呢?

陈秋平：你看《中国好声音》吗?

新编剧：不好意思，没有看。

陈秋平：你不喜欢音乐吗?

新编剧：不是不喜欢，但我还真不知道这个。

陈秋平：连这么火的电视节目你都没看过，没有听说过，那就说明你真的不喜欢音乐了。这是一档非常有名的电视选秀节目，选歌手的。在刚刚播过的那一期里有一个选手，名字叫刘悦。这个歌手唱得很好，她以前是做幕后的。在台上，她说了一句话，她说从幕后到前台只有 10 步的距离，可走这 10 步，她却用了 10 年。在走上这个舞台之前，她一直都很不成功。这就是艺术世界，包括编剧的世界，歌手的世界，都是这样，你只有坚持，只有热爱，只有无怨无悔，你才能等到成功。

新编剧：对，这话就是说我们这些新编剧。一个编剧从无名小卒走到功成名就，也需要 10 年吗?

陈秋平：10 年只是一个比方。不是所有的歌手都需要走 10 年，但是，能走 10 年，这个成功就显得有必然性，有价值，就能让人感动。至少，这位歌手的 10 年无怨无悔。热爱，痴迷，不计得失，不计成败，勇敢地走了 10 年，这是一种执着，一份真诚。

新编剧：让爱好陪伴着我们。是的，新编剧也要把写剧本当着自己的爱好来对待。

陈秋平：不仅是爱好，更应该是一份热爱，一份痴迷。你如果问我：如果我坚持了 10 年还是不成功，咋办? 那样我不是太亏了?

新编剧：10 年都坚持下来了，再坚持?

陈秋平：不是。我并不是鼓励宗教式的痴迷，盲目的狂热，或者病态的“执着”。我想说的是：你必须要调整好自己的心态，首先要认为这件事不是为别人做而是为你自己做。之所以要干这件事，必然是因为你在这件事里感到了快乐。如果 10 年不成功，活该！谁让你喜欢来着？不成功也是你自找的！没人逼你。所以你还不成功，并不值得同情。你爱坚持不坚持，活该！但是，如果你在第 11 年成功了，那所有的人都会为你骄傲。我也会被你感动得泪流满面——这就是我看《中国好声音》的感受，我看得泪流满面，我看得泣不成声，就像我自己成功了一样，心都飞起来了！

新编剧：懂了，我现在已经超越了自己，也都快飞起来了。

陈秋平：假如你还没有坚持到多久，就放弃了，我也不会责怪你。其实，人生的路很多，为什么一定要写剧本呢？干自己喜欢的事吧！干自己为之付出一生都无怨无悔的事吧！人在奋斗过程中也许会彷徨、动摇、寂寞、孤独、惆怅、失落、挫败……也是常见的，谁都会遇到的，正常。至于你坚持，还是放弃？你自己决定。

新编剧：今晚跟您谈话，让我们这些感到困惑，感到迷茫，徘徊不前的新编剧树立了信心。受益匪浅——爱好＝坚持。

写栏目剧，还是电视剧？

新编剧：陈老师，在吗？有点事咨询一下。

陈秋平：请讲。

新编剧：是这样的，我最近一直在一个栏目组写栏目剧，写了20—30个了吧。可是我听一个编剧说，总写栏目剧就写不了电视剧了，把人给写废了。

陈秋平：为什么这样说呢？

新编剧：我现在特纠结呀。她说，栏目剧是低端产品，和电视剧的思维不一样。陈老师，你说，我该不该接着写下去呀？

陈秋平：你的这位编剧朋友所说的，栏目剧是"低端产品"，也不完全错。但这个"低端"，是指商业价值，跟艺术无关。就是说，栏目剧这种样式和产品，在市场上的价值和价格相对电视剧而言，购买价更便宜，能推动的商业循环更小一些的意思，但这个跟写作的好坏有什么关系呢？

新编剧：那您的意思是说，继续写下去，并不会把人写"废"了？对吗？

陈秋平：嗯，我就是这个意思。说写栏目剧会把人写废，是片面和偏颇的。

新编剧：为什么说是片面的和偏颇的呢？

陈秋平：我刚才说，同意你朋友把栏目剧算在“低端产品”，其依据是目前栏目剧的现状。什么是栏目剧？栏目剧，从其形式来看，基本上可以算作是低成本制作的单本剧，或短剧。改革开放之前，有相当长一段时间里，电视台没有什么节目，往往拿电影来播。时间长了，电影院和电影公司不干了。你电视台播电影不收钱，人人都通过电视台看电影，我们电影院还怎么活呢？后来经过协调，电影在电影院上映半年后，才允许放在电视台播出。这反过来催生了电视台自己拍电影的冲动和行动。于是各电视台就开始自己拍摄小成本电影，自己播出。那时的“电影”一般长度也是90分钟，为了播出广告的方便，就把这样的“电影”分成上下集。后来觉得电视比电影院好，因为在家里观看，足不出户，观众可以看更长的故事，于是就有了上中下集，甚至更多集数的“电影”——中国第一部电视剧就此诞生了，它的名字叫《敌营十八年》。即便有了多集电视剧，在好长的一段时间内，电视台还是继续拍单集或上下集电视剧（这时已经改名成电视剧了）。过来好多年之后，电视台把电视剧越拍越长，几十集的才叫电视剧。但是，由于购买电视剧的成本很高，而电视台有多个频道，对节目的需求量很大，于是又有人返回去拍摄单集电视剧或上下集电视剧。问题出来了，这样的“电视剧”如果每一部都要拿到广电总局去审查，这节目就没法办了。广电局也不愿意审这样的剧。聪明的中国影视人就想了一个办法，就是将这种短电视剧包装成一个节目。就如同法制节目、专题节目、新闻调查、真人秀等等，那样的节目是不需要送广电局审查的，台里自己审就行了。这就是我们所说的栏目剧——包装在一个有总标题的“栏目”（节目）里的低成本单集（或多集）电视剧。从形式上看，栏目剧往往会有主持人，形成一种离间效果。这样的剧，从本质上和电视剧是没有什么大的差别的，从戏剧结构、人物设计、人物关系的勾连、戏剧冲突和事件的营造和呈现，这些创作层面的东西，和电视剧没有什么差别，所以我才说，你写电视剧，不会违背电视剧创作的规律，当然也就不会出现所谓的“写废”的情况。从观影的角度来说，观看栏目剧和观看电视剧的观众是同一群人，喜欢看电视剧的观众，也不排除，甚至还喜欢看栏目剧，观影的习惯、心理、期待基本上是一样的，是相通的。当然，它们各自的特点和不同也是存在的，是大同小异。实践证明，许多电视剧界的优秀编剧，曾经都写过栏目剧。他们在栏目剧里锻炼了才能，提高了技巧，积累了经验，得到了成长，就去写电视剧了，而且写得很成功。

新编剧：那老师的意见，在我成为电视剧的编剧之前，栏目剧还是应该写的，对吧？

陈秋平：当然可以写，这个不矛盾。

新编剧：我被他们说得特纠结，都不知道该怎么办了。

陈秋平：我问你一个问题，你现在为什么要写栏目剧？

新编剧：喜欢呀。自己现在就写电视剧的剧本，一是不很自信，二是觉得写好了也不容易被拍摄出来。而我感觉写栏目剧就很有成就感，写了就能拍，拍了就能播出，能有自己的署名，还能学到很多东西。

陈秋平：这就对了！既然写栏目剧如此有成就感，为什么不继续写？如果你想写电视剧，也可以在写栏目剧的同时，用业余时间创作电视剧啊。至少，你已经可以开始策划一部电视剧的剧本了。这个是不矛盾的。你为什么要纠结呢？我不懂。

新编剧：我是听他们说，如果不缺钱就不要写栏目剧了。可是我认为，不应该是这样的。他们说写栏目剧牵扯精力，而且思维会受到局限。

陈秋平：他们说的不是完全没有道理，因为栏目剧的要求相对而言，明显要比电视剧的要求低一些。一是因为栏目剧多为日播剧，每天都要有一部播出，不能随意变化，不能“开天窗”(断档没剧播了)，所以必须有产量，有时间表。为了保证播出，难免会造成栏目剧整体水平和要求的标准要适当放低，要牺牲一部分剧集的质量。更由于栏目剧主要是放在地面频道播出，受众和广告商的重视程度，相比卫星频道，要低一些，窄一些，所以要求不会那么苛刻。但电视台和栏目剧绝对不排斥好剧本，不排斥高质量的剧本啊！如果你作为一个编剧，对自己的栏目剧剧本提高标准，用高标准来严格要求自己，约束自己，把你自己的剧本写得好一些，更好一些。这不是不可以去做的。

新编剧：对，我可以自己提高对自己的要求。

陈秋平：如果你平时写栏目剧的时候，就提高标准和要求，按照高于栏目剧，甚至接近电视剧的要求来创作剧本，将来你转而写电视剧的时候，就不会不适应，你一样能够写出好的电视剧剧本来。所以我说，解决你提出的这个问题的办法，不是不写栏目剧，而是马上开始策划你的电视剧剧本。

新编剧：好的。

陈秋平：你弹过钢琴吗？

新编剧：没有。

陈秋平：我们全家都是搞音乐的，我就知道弹钢琴的一些情况，跟你现在创作上的问题是接近的。一个学生刚开始学习弹钢琴，一定不会弹复杂的曲目，只能弹简单的曲目。如果有人说，你不要总谈简单的曲目，你要试着不断提高你自己弹奏钢琴的难度。这句话是没错的。甚至人家说，你总弹简单的，就会把你弹废了。这话也许不够准确，但他的意思并没错。可以把他这句话理解为，你要不断去提升，弹的曲目要越来越难才好。你要是一直陶醉在简单的曲目中不思进取，当然就会“废了”。结论是，要逐步提升弹钢琴的标准，不断向高难度的曲目进军。为了提高和进步，你还可以让自己报名，参加钢琴考级。考过了三级，可以考虑下一次弹四级的曲目，甚至弹五级的曲目，争取过一段时间考五级。五级考过了，就可以考七级，向更高级的曲目冲锋！

这样说来，你还有什么好纠结的呢？

新编剧：陈老师，那你说，我是不是应该先写电视剧剧本？而不是想剧本能不能卖掉的事情？

陈秋平：什么意思？没懂。

新编剧：很多编剧都是先写大纲，等大纲在影视公司通过了，再写剧本。

陈秋平：哦，明白了。写电视剧剧本，多数情况都是订制，都是所谓的“命题作文”。为什么会这样呢？因为你写了剧本，30 集，大体是 45 万字。在没有人定制的前提下，自己写 45 万字，一是费时间，二是可能会走偏，三是自己也许把控不了，四是写了也找不到地方投稿，五是找到了制片人，他也未必想看你的剧本——太长了，他没时间看剧本，多数情况下是看故事大纲。

新编剧：估计大纲人家也不一定看。

陈秋平：如果你告诉我，陈老师，我有一部四十五万字的剧本，请你帮我看看——基本上我马上就昏死过去了。

新编剧：那咋办呀？

陈秋平：所以，大多数情况下，是有人定了才写。一般情况，签了合同，收了定金，也不是一上来就写剧本，而是先写故事大纲。但是，好多人遇到的情况是，即便你的故事大纲被某家公司看上了，人家也许还是不放心让你写剧本。他们只会说，你把故事卖给我吧，我们会另外找编剧来写剧本。因为我们认为你的故事很好，但我们不相信你有剧本的写作能力。

新编剧：是的呀。还有可能是，人家压根就不告诉你了，直接去找人写了。

陈秋平：你是说直接偷了你的故事，找别人去写吗？那倒是极少数的制片人或公司会做这样无耻的事。多数情况下人家只是不信任你的写作能力，这很正常。怎么办呢？

新编剧：是啊，那我该咋办呀？

陈秋平：很简单。刚才说了，一般考研一个编剧的能力，会分成两个部分，一是看你故事编得如何，二是你有没有强大的写功，把这个故事呈现出来。为了满足制片公司的要求，你需要同时做两件事：一是为了表现你会编故事会讲故事，你就好好地写电视剧的故事大纲；二是你还得同时表现你有写剧本的能力。怎样表现写剧本的能力呢？你可以写微电影剧本，写电视电影剧本，写栏目剧，或者写几集电视剧的剧本。你看看，假如人家说，你的故事不行，那就重新写故事；人家说你的故事不错，剧本怎么样？你就把你事先写好的剧本递过去。人家说剧本还是不行，那你说，请公司指派一位编剧老师带着我写剧本吧，我少要点稿费。如果对方不答应，你就拒绝把故事卖给他——就这么简单。当然，无论是电视剧的故事大纲，还是剧本的写作，能力都是最重要的。能力也是可以锻炼出来的。一般的制片公司也能从你提供给他的剧本中看出你的能力。

新编剧：看来，我还得写大纲去，然后再写几集剧本。

陈秋平：剧本写作是一个技术活儿，技术就要常练常新，就像开车。假如你去应聘司机的职务，你对老板说：我有驾驶证，我考过关了，想当职业司机。这样行吗？当然不行。老板会问你：你开了几年车？开了多少公里？都开过哪些车型？假如你告诉他，我开过10万公里，开过10种车型，而且还是连续的，没有中断过，老板就会录用你。编剧的道理是一样的。

新编剧：看来，我还要天天锻炼。

陈秋平：天天写栏目剧也是锻炼呀，也可以达到自我提高的目的。

新编剧：我以前咋没有想过呢?

陈秋平：假如你的故事大纲被人看上了，你也可以用你自己精选出来的栏目剧剧本去说明你可以当一个好编剧。

新编剧：我给影视公司发过两个大纲给影视公司，但是都没有消息。

陈秋平：为什么没有消息呢?

新编剧：不知道，我估计人家没有看上吧。连回执都没有。

陈秋平：现在的情况，一般不会有回执的。假如你很担心，很在意他们的反馈意见，你为什么不问一问呢？一般正规的影视公司对于交来的稿子都不会不看。为什么没看上？不足之处在哪里？怎样的剧本才能被看上？这才是关键问题。这才是我们要研讨的问题。

新编剧：说心里话，我也不知道为什么不行。不过，我想还是我构思故事能力不太好。谢谢你呀，陈老师!

我们怎样开始构思一个剧本？

新编剧：陈老师，现在您有时间吗？

陈秋平：好吧，现在我来说说你的故事。

新编剧：嗯。

陈秋平：在给你提意见之前，先提一个问题，你为什么要写这个故事？或者说，你为什么选择了这个故事来写？

新编剧：首先，我觉得这是个爱情故事，爱情故事总是大家爱看的，尤其是年轻人。其次，这个故事也反映了当下的现实。比如媒体或娱乐圈的一些现实，这个也有可能是看点吧。比如最近很火的节目《中国好声音》，我觉得音乐是一个很好的媒介。

陈秋平：嗯，通过你这个回答，我的理解是，你是从卖点和看点来确定要写这个故事的。在你看来，你选择了一个有可能是热门的题材，对吗？

新编剧：差不多吧。我意识到了这一点，就是利用音乐作为看点。但其实我更想反映一个媒体现象，就是现代人都很浮躁，每个人都热衷于追逐名和利。可到头来，你会发现获得名利之后，身边没有一个理解你的人，那有什么用？我还觉得各种媒体炒作，会把本来单纯美好的东西弄得很恶心。

陈秋平：就是说，你的立意和主题，想表达一个观点，媒体的商业炒作毁掉了人，毁掉了爱情，毁掉了真情？

新编剧：对，还毁掉了理想。

陈秋平：从你的剧本里看，这个主题扣得不够紧。如果你想写这个主题，那就应该把矛头对准文艺圈的“商业炒作”。现在的感觉，你写的故事主题不明晰。这是你的故事给我的第一印象。在故事中，一个来自农村的年轻人吴大维，怀着音乐梦想到北京打拼。他认识了同样拥有音乐梦想的女孩冯媛媛，两人相爱并一起奋斗，但却在成名之后两人发生了矛盾和分歧。这个矛盾到底是什么？是什么导致了他们的分道扬镳？

新编剧：他们两人，一个为了名利而委曲求全丢掉自我，另一个却坚持理想，继续奋斗。

陈秋平：可是，他们的根本分歧是什么？他们分手之后，为什么还会复合呢？最后，冯媛媛回过头来寻找吴大维，她的动机是什么？动力来源于什么？如果这算是一种转变，那么是什么改变了她呢？

新编剧：冯媛媛回头的原因，是她发现身边的人都很假，而她以前和吴大维在一起的时候就很单纯、很真实，所以她想要回到过去。

陈秋平：那么，吴大维坚持的是什么理想呢？理想和委曲求全的分野在哪里？

新编剧：吴大维的理想是做纯粹的音乐。

陈秋平：什么是纯粹的音乐？

新编剧：他就是想安安静静地唱歌，可是经纪公司却一直要求他们用一首歌不断参加商业活动去捞钱。

陈秋平：是不是你认为，追求音乐梦想的年轻人真的不在乎赚钱，只想“安安静静唱歌”？什么是安安静静唱歌？在乡村唱？

在宿舍里唱？

新编剧：我想有音乐梦想的年轻人，都有一个愿望，就是出唱片！

陈秋平：出唱片？你以为现在出唱片还是一种很好的梦想吗？看来你对娱乐圈和音乐圈了解很少，如今的唱片公司差不多都倒闭了，没倒闭的也很少出唱片了，大家都在网上免费听歌，出唱片谁买呢？

新编剧：这个还真的哈，我想得太简单了。

陈秋平：你离这个行当太远了，并不了解他们的生活，所以你写出来就不像，缺乏真实性和说服力，故事里好多东西都是你凭空想象出来的。

新编剧：嗯，我这些都是从报纸杂志上看到一些报道，然后整理的。

陈秋平：你知道每一天有多少怀揣音乐梦想的年轻人背着行囊到北京来北漂吗？你知道他们都是怎样的生活状态吗？其实，他们的生活跟你的更接近，你也是他们中间的一员。你想想，你自己的生活状态是怎样的？

新编剧：我也差不多就是男主人公那样啊，漂泊和迷茫。

陈秋平：迷茫、梦想、激情、失落……这些都很有意思，也很有意义。但是你为什么不写这些呢？你写的东西没有贴近生活，不接地气，于是就缺乏真实感。比如你的故事里讲到的，老板会对男主角的女朋友动手动脚。这个也是你听来的？还是你想象出来的？这种所谓的“潜规则”在现实生活中有没有？当然有。但具体看，一个男人要对一个女人动手动脚，到底应该怎样做呢？

新编剧：这些是我从电视剧里看到的情节。

陈秋平：好吧，没关系，就算是从电视剧里看来的也没关系。关键是当你把这个内容移植到了你的故事里，得让人相信。回到你的故事里，我们具体看看，是谁动了谁的手？谁又动了谁的脚？这个女孩子不是傻子，哪里会随便让人动手动脚？我们想得具体一点，打个比方，假如某一天，我想对你动手动脚，我想骚扰你，你会怎样做？你会不会扇我一个大耳光？像大多数电视剧里表现的那样？会不会？请你回答我，不要回避这个问题。

新编剧：电视上都是这样演的，一个大老板，看上谁就会动手动脚。

陈秋平：我是说打个比方，我，陈老师，要对你动手动脚，你会怎样回应？请不要回避我的问题。

新编剧：如果是我的话，我会跑掉。

陈秋平：你可能不会打我耳光，对吗？

新编剧：我觉得，到了那个地步，也许女主角会顺从的。

陈秋平：这就是差别！这就是我们从电视剧里看到了一个东西，想把它搬到我们的故事里的时候，会出现不一样。我们在生活中面对一个突变，怎样回应？怎样抉？这是因人而异，因地而异的，不可能都是一种方式。因为你是一个具体的人，一个鲜活的人，而你笔下的冯媛媛还没有变成鲜活的人，还像是一个抽象的人。你这个具体的人，面对陈老师这个具体的人，决定和回应就会和人们在别的电视剧里看到的有所不同。比如陈老师在剧本写作上曾经帮过你，对你有恩，你这一耳光也许就打不出手。哪怕你觉得到了今天才看清了陈秋平这个伪君子的真实丑恶嘴脸，他原来是一个色狼，尽管如此，你的那一耳光也还打不下去。这就是所谓的“接地气”——写真实而具体的人。

新编剧：难道她反抗就不接地气了吗？她反抗就不真实了

吗？反过来，她忍了，认命了，就接地气了吗？在这个故事里，毕竟那个欺负她的人是个大老板，反抗了会影响自己的前途，容忍也许会得到某些机会。

陈秋平：你还是没有理解我的意思，我想说的是，艺术的真实来源于对个性化特征的理解、把握、推理和表现。如果你笔下的人物是概念化的，符号化的，就没有真正活起来，就无法进行逻辑的推理，他或她的行为就是概念的，或者是随机的。现在的冯媛媛就是这样。一个老板要想占她的便宜，她的反应和对应是概念化的。你笔下的吴大维也还是一个抽象的吴大维。甚至他们的形象也许来源于已经播过的电视剧或电影中某些桥段对你的暗示。但当你把冯媛媛当作你自己，那个老板就是陈秋平的时候，你就找到感觉了。因为这两个人都是活生生的，你能触摸到他们的思想和行为轨迹。你可以预测他们会做什么不会做什么。我这里并不是说你只能以自己为原型来写冯媛媛，用陈秋平作为原型来写老板，但你必须在写作之前先认识你笔下的人物。

这就是你剧本的第二个问题：人物不接地气，不真实。第一个问题是主题不鲜明，不够清晰。

现在说第三个问题，就是故事还不够好看。你的故事里有两个核心内容，一个是音乐事业上的奋斗，另一个是爱情关系。爱情关系是后面出来的，一开始就是为音乐事业而奋斗。一个叫作吴大维的农村青年，因为一部电视剧的启发，萌动了一个动作——到北京城，实现自己的音乐梦想。这叫什么？我们把这个叫作戏剧动作。我曾经说过的，戏剧动作是故事的来源之一。你写到这里，我们知道了吴大维的动机、愿望和动力，我们知道他要开始经历一番奋斗了，你把这个悬念打了出来，就把观众的胃口吊了起来。观众一定想知道，他会怎样去奋斗？最后他是成功了，还是没成功？然而，很遗憾的是，你的结果，你在故事结尾出，却不讲这个了。中间有过短暂的成功，重新掉入低谷，然后就没有下文了。这是不是故事没有讲好呢？爱情这部分，叫什么？我们在剧作上，把这一部分叫人物关系的演变，就是吴大维和冯媛媛的爱情关系的演变。人物关系的演变过程是故事的另外一个来源。这个在你的故事里表现得要好一些，但也写得不够精彩。为什么说写得不好？因为没有曲折，没有纠结，没有变化和跌宕，拐点也不够清楚。一上来你就写他们俩一见钟情，然后一起奋斗，一起成功。这样写我们通常叫作“顺撇”，没有曲折，没有纠结，没有跌宕。而后面分手的理由也不充分，一对恋人，要明明白白地分手，一般都得有类似于仪式的形式，至少它是一个冲突点。为了一件什么事，两人发生了严重分歧，互不相让，互不妥协，终于爆发，然后分手。最后俩人又复合，也必须有拐点。既然是复合作为结局，用我的理论，就得“压弹簧”，就得在复合之前让他们几乎无法走到一起，然后来一个拐点，这才能有高潮。而不是在他们曾经约会的地方偶遇，这样的结局是勉强的，是无力的，是安慰性的。上面这些分析，就是说，故事写得还不够好。

然后，现在回到一开始的提问：“你为什么要写这个故事？或者说，你为什么选择了这个故事来写？”我这样问，其实是想导入一个问题，我们到底应该怎样开始去策划一个项目，去构思一个剧本？我们的编剧们究竟是怎样做的？应该考量哪些因素？

面对我的第一个问题，你的回答是：

1. 爱情故事（这个不反对，爱情故事永久可以写。这个叫作题材类型）；

2. 反映了媒体圈中的不正之风（这个叫话题性）；

3. 音乐和音乐圈是一个很引人注目的行当。比如中国好声音，就有很多观众（这是题材所反映的领域，或者叫行业）。这三个，都是策划一个项目和剧本需要考虑的。总结一下，就是：题材类型，热门话题，和题材所涉及的行业。

第三个，比如我告诉你，我写了一个剧本，是表现水稻研究的，可能就不吸引你。我说，我这个是写电影明星生活的，可能你就会说，嗯，我愿意看。所以，这三个方面，都可以参考。但仅仅这三个是不够的，还会有什么参考的呢？下面我补充——

4. 人物和人物关系。你这点就做得不够好。我们看不到吴大维和冯媛媛到底各自有什么吸引人的地方，更不知道他们之间的关系会产生什么“化学反应”。他俩目前看不过是两个普普通通的歌手而已。性格不内不外，内心不强不弱，风格不中不西，外形不美不丑……这个因为缺乏强烈的对比和反差，就没有可写性和可看性了。假如我告诉你，我要写一个爱情故事，它讲的是，一个孤僻的亿万富翁和一个妓女相爱的故事（美国电影《风月俏佳人》），你就会愿意听。我说，我讲一个老板和一个打工仔同时踏上了春运的归途（《人在囧途》），这也会有意思。

新编剧：就是他们必须是对立面？

陈秋平：这是人物和人物关系里带着“戏”。性格之间，应该具备包括你说的对立性，但不限于对立的某些特性差异，必须形成某种“化学反应”。从这第四个参考要素，可以推导出下面这第五个策划项目的“参照系”——

5. 故事核。这个也很重要。人物和人物关系，就会引入一个故事模型，这个故事模型常常就是人物关系的戏剧性决定的。故事核这个概念比人物关系概念要大一些，不仅仅只由人物关系形成。什么是故事核呢？故事核，就是故事“干”（像萝卜干，像茶叶），水分抽干了，但它本身的魅力精华并没有改变。当我们把这个核，这个“干”，这个茶叶放入水中时，就有可能还原成鲜活的故事。而这个故事的味道，永远都是有着自己独特魅力的。

比如我们可以讲一个故事核：痴男爱上“坏女孩”。就是一个痴心男，却爱上一个不理会他的女主角。女主却不断折磨他，打压他，欺负他，他也痴心不改。这样的故事我们可以举出成千上万部作品，都拥有这样一个共同的故事核，例如海岩剧《拿什么拯救你我的爱人》和美国电影《原罪》等等。

比如我们还可以讲一个：灰姑娘一夜之间变成公主，就像《百万英镑》《公主日记》等。

比如我们还可以讲鬼怪屋故事：在一个封闭的空间里，人们因为贪婪打开了潘多拉盒子，释放出一个魔力无穷的鬼怪出来吃人，一个又一个地吃掉。《大白鲨》《异形》等，就是这样的故事，我还可以举许许多多这样的故事，层出不穷。

故事核是不怕“抄袭”的，故事核还可以转换、微调、借用、合并、拆分，甚至创造新的故事核。故事核是可以常用常新的。我们在策划项目和构思剧本的时候，就是要找到一个故事核。有这个，就成功了一半。

接下来，我们所需要的策划参照系，还有一个——

6. 核心价值。核心价值就是社会学、道德伦理学、哲学、科学等的认知价值。就是主题、情怀、道德评判，或者叫立意。我们剧本中的人物，谁好谁坏？我们应该怎样，而不应该怎样？应该弘扬什么？批判什么？这个“核心价值”必须有，必须提炼出来。否则，这个故事即便再卖座，讲完了也是一个烂故事。

最后一点，就是情感的力量。

7. 情感的冲击力和张力。一个戏一个故事，会不会感人？有没有感动我们自己？有没有情绪和感情的“带入感”？会不会让观众感同身受？

这个是什么呢？其实就是你有没有找到这个故事里，属于人类皆有的共同情感？并且，这种情感有没有表现得足够有强度，有烈度？能否引起强烈的认同和感知。假如你找到了，这个故事就一定值得去写。没有找到，就再找找。

有些东西，很显然是能够打动我们的。比如，你写爱情，无论是热恋，还是失恋；无论是等待，还是牵挂。

比如，对孩子的感情，你写寻找被拐卖的儿童。家家都有宝贝，看着人家的宝贝受苦，看着人家为了找孩子而痛苦挣扎，就会联想到自己，谁不动容？

情感的冲击力和张力，来源于极致性和极致化。只要是符合逻辑的，有生活基础的，你把它极致化，就能达到感人的效果。

新编剧：嗯，但要做到这些真挺难的，听您这样一说，我现在都懵了，呵呵。

陈秋平：要做到，要做好，当然很难。但至少我们应该知道需要做到哪些。知道了，也许不一定做到位，做得不好，还可以改进；但如果我们连知道都没有，是肯定不会做到的。不知道，想改都是乱改，都是碰运气。我见过一些编剧写了很多年，作品质量总上不去，其原因就是还不知道应该做到哪些，甚至严重地走偏，南辕北辙，所以目的地总是那么遥远。

新编剧：嗯，总的来说，就是一步一步克服吧！现在就是题材类型确定了，其他的一个一个完善起来。谢谢您，陈老师！

怎样避免故事散？

新编剧：陈老师，晚上好！

陈秋平：你好！

新编剧：我是《I Love You So Much》那个剧本的编剧，广东的。

陈秋平：我知道的。

新编剧：还是想听听您对那个剧本修改方面的意见，不知道您有没有时间？

陈秋平：你最近营销剧本有没有进展？

新编剧：有进展。找到了一个制片人。说是要改。提出来的意见，大体都是您的那个意思，觉得故事有点散。我自己这几天也在考虑这个问题。我有点转不过来，从小说到剧本的转换。我想了几天，回想了一些自己喜欢的电视剧，总结得出，剧本需要的，就是"YQ"。

陈秋平：什么是"YQ"？

新编剧：就是他们说的"移情"。

陈秋平：怎么理解？

新编剧：一个剧如果好，就要有一个女主角，很多人都喜欢她。或者是，观众看着看着就把自己想象成女主角，心里美美的。《红娘子》我比较喜欢，呵呵！如果下一部我能写这那种味道的东西，我自己就比较满意了。这个剧给我的感觉，就是我可以意淫。

陈秋平：可你说的这方面，小说和电影电视剧都是一样的呀。

新编剧：小说还是写给有点头脑，需要思考的人看的吧。剧本写成小说那样的不太讨巧，剧本就应该写得无脑一点。

陈秋平：也不能这么说吧。这样说就是降低了对自己和自己剧本的要求。我的观点是这样的，电视总体来说，是大众艺术，这点没错。小说、戏剧，现在相对变成“小众艺术”了。为什么会这样？因为电视剧的出品过程，生产成本很高，而投资是有风险的，是要考虑资金的回收和盈利的。在考虑回收和赚钱的时候，当然希望喜欢这个电视剧作品的人越多越好。这样的生产出品过程，决定了电视剧要更大众一些，而小众艺术可以在赚钱和回收成本上压力不那么大，于是可以考虑只找知音，只要一部分观众喜欢就可以了，就够了。而大众艺术必须符合大多数人的趣味。在这里所说的“大众”当中，比例很大的是教育程度不是那么高的普通观众。观众里当然也有“精英分子”，虽然他们是少数，但他们掌握着话语权。所以说，你如果把剧本写成了俗不可耐的作品，也许可以取悦于教育程度偏低的观众（我是说也许），也许可以取悦于某些制片人，可以帮他们赚钱，但你同时也注定了会挨骂，挨那些“精英分子”的骂。作为一个严肃认真的编剧，要尽量创作和生产出大众艺术中的精品，就是尽量做到雅俗共赏。不要随意降低水准。不能仅仅满足制片人赚钱的诉求。

现在回到你那个本子上来，我看了一、二、三集，都看了。

新编剧：太好了！想听听老师的意见。制片人的意见是，剧本看起来有点闷，也不够时尚。我准备砍掉闷的那条故事线。

陈秋平：闷是有点。其实，在我看来，闷与不闷，时尚不时尚，也是浅层的东西，你的剧本的问题，并不是表面上的闷，或表面上的不够时尚，而是还没有把故事讲好。

新编剧：陈老师的意思是我写故事的功力不够?

陈秋平：功力是另外一个概念，即便一个编剧没有那么深厚的写作功力，但你仍然可以把故事讲好。现在你还没有做到这一点，还有，你有一点急于求成了。

新编剧：急于求成?那我就请教您这一点，我应该在哪些方面“慢一点”?不急?说到急，肯定每个编剧都想快点把本子卖出去，何况我这个东西已经写了三年。从2010年就开始构思动笔了，呵呵!我还记得是四月份。那年还演了韩剧《儿媳妇的全盛时代》，我超喜欢。心里想，我就想写那样的东西，可是这几年国内电视剧市场的走向跟韩剧似乎不太一样。

陈秋平：既然你现在这个剧本还卖不出去，与其到处吆喝，不如好好改改。

新编剧：您是说，我要在故事的讲述方法上下点功夫?

陈秋平：我说得不客气一点，你要重新学习讲故事。

新编剧：好的好的。在这方面我的确应该好好学习一下。记得您推荐的赵冬苓老师的《母亲母亲》的故事大纲，写了五万多字，让人能一口气读完，不想放下，那是因为它的故事本身有很好的连贯性，也完整。

陈秋平：不是她的故事本身就有完整性和连贯性，而是赵冬苓老师可以把任何一个故事讲得很完整和连贯。你要明白，任何一个编剧一开始面对的都是同样的东西——一张白纸!一个空白的电脑文档!

新编剧：我的故事也有完整性，就是几个女人从开始找对象，到最后把自己嫁出去。

陈秋平：你说你的故事有完整性，也许是指故事的总悬念和总结构，这个是有的。但是你没有相对完整的一个个单元故事。一部长篇电视剧，是由一个一个的单元故事串联起来的。这就是我们通常所说的一个重要的技巧——在剧本中设计事件。每一个事件本身是有头有尾的，有小高潮，有曲折，有伏笔，有悬念，有意外，有逻辑。事件和事件之间也是有某种内在联系的。

新编剧：嗯，我得好好思考您说的这些。

陈秋平：比如《母亲母亲》，第一个单元故事，我把它叫作“嫁入豪门”，或者“嫁入侯门”（婆家姓侯）。就是写一个名叫金国秀的女孩子出于生活的无奈，为了救被官家关押在大牢里的父亲，不得不决定嫁入当地大户侯家。这个过程充满着各种变数、危机、阻碍、困境，最终，金国秀在侯家站稳了脚跟。这就是一个单元故事。你的剧，和好多编剧写的剧，故事发展都是太随机了，也许中间偶尔会出现一件事，但还没有来得及好好营造，就结束了。然后又匆匆忙忙地开始了另外一件事。

新编剧：是的是的，您说得很对。

陈秋平：人物的行为也是东一下，西一下，走到哪里算哪里，说到什么是什么。还有，就是悬念的制造、跟踪、推波助澜、峰回路转，直到悬念的释放和解决，这个过程没有。如果有了这个过程，其实故事就好看了。但好多编剧写戏，就是舍不得花工夫给观众制造悬念。

新编剧：有点懂您的意思了。

陈秋平：没有悬念，就是没有故事发展的方向，观众没有对未来的向往和期待，那观众就很容易走神啊！比如金国秀，父亲被抓了，想救父亲，但警察很黑，提出索要200大洋，并强调说，如果在什么什么时间之前不把钱拿来交上，人就要死在监狱里了。

新编剧：看来要把节奏放慢下来，减少一些信息量。

陈秋平：也不是信息量减少的问题，而是信息和信息之间得由逻辑和因果串联起来，不能是信息碎片。琐碎的信息是不能抓住观众的。

新编剧：您说的是对的，我要改。

陈秋平：还有，就是负能量的启动，这个在讲故事的时候也很重要。正能量的事物在一个故事里很美好，也是不可或缺的，但在戏剧性上，正价值的事物，其能量和贡献，远远不及负价值的事物。换句话说，正能量的事物是不够吸引人的。为什么呢？因为正能量是锦上添花。“锦”都有了，如果还有“花”，生活会更美好；如果没有“花”呢，至少还有“锦”。比如你写了一个主人公，他有房有车，然后还想成为一个亿万富翁，这没什么不好。但我们发现这样的故事不是太吸引人。因为，如果他在实现亿万富翁这个梦想的路上失败了，至少他还有房有车，观众并不会为他怎么遗憾，也不会过于关注他的失败，更不会同情他，为他流泪。事实上，大多数观众还不如他呢，搞不好他还会招来羡慕嫉妒恨。但是负能量就不得了，力量就强得多。还是说他，有房有车，突然有一天，一把大火把一切都烧光了，他变成了一无所有、无家可归的穷光蛋。这个时候吸引力就来了，观众就要同情他，就要替他着急，替他揪心。他和家人流落街头，观众就会心中犯难：他们这一家老小怎么办啊？有句老话：人生在世，不如意者十之八九。戏里更是如此。所以我说要在故事里启动负能量。

新编剧：是啊，听您一席话，胜读十年书。

陈秋平：你说你喜欢的《红娘子》《铁梨花》，这两部戏也是同一个编剧，他也是导演。你去好好琢磨琢磨，那主人公历经了多少磨难？受了多少苦？遇到多少次危机？甚至还遇到过多次的死亡威胁，那就是戏好看的原因啊！

新编剧：是的。

陈秋平：一般情况下，我们编剧的任务，就是塑造一个好人，善良人，接下来，就是当着观众的面，开始整他！折磨他！而且，要下狠手整！朝死里整！还要在他将死的时候，又让他死不下去，或者要让他死去活来，让他生不如死。编剧折磨他的时候，其实同时就是在折磨观众。这样，就让观众感觉到疼，感觉到悲，感觉到恐惧、愤怒、不平，然后在结局的时候，让主人公转危为安，得到善终，到此时，观众才感觉到幸福。观众会竖起大拇指说，这个编剧真牛！真棒！反过来，如果编剧舍不得把主人公整死，最终看完片子观众会把编剧骂死。观众会说：什么玩意儿啊？骗我们的钱，骗我们的时间！

新编剧：真是那么回事。

陈秋平：这是什么呢？这说明观众是"受虐狂"。不是仅仅"移情"，移情是有的，但移情还远远不够。移情只是启动了正能量，是对正价值的激励和向往。除此之外，还必须加入负能量的打压，必须启动负能量。

新编剧：对啊。

陈秋平：用负能量去对比、烘托、锻造、冶炼出正能量——这才是编剧的秘籍。我在微博上写了一些这方面的技巧，也给年轻编剧开了一些讲座，都提到过这个秘籍。可是好多人不理会，他们认为没用。我很伤心，很无奈。

新编剧：别介，别伤心，很有用。听你这么一说，我脑子里立马跳出很多部看过的电视剧，原来真的是这么弄出来的。

陈秋平：无论是喜剧，还是正剧，甚或还是悲剧，都要大量启动负能量。《母亲母亲》，你看看，所有的次要人物，所有的配角，都是主角金国秀的负能量，他们轮番轰炸金国秀，轮番折磨她，几乎是所有的人。

新编剧：是的。她太惨了！

陈秋平：几乎所有的人都在不同的阶段给她添过麻烦，而且这个剧里还几乎没有一个坏人（反派）。这部戏里虽然没有坏人，但是却充斥着负能量和危机。其实，真实生活中，真正的坏人也很少。即便是坏人，也不是绝对的坏。比如《教父》，意大利黑帮，杀人不眨眼，但他们对自己家人，自己的族人，重情重义，就是好人。

新编剧：是的。

陈秋平：有很多讲故事的技巧值得我们去琢磨的。我最近写了一条微博，论述剧本的散与不散，内容是这样的——

什么是故事的散与不散？常有剧本被评价为“故事太散”，怎样理解？散，就是随机、不确定、不必然；不散，就是有目的、确定、有因果、必然。观察自己的日常生活，一部分是随机的，走到哪里算哪里；一部分是确定的，如去办一件事，期待一次约会，确诊一个疾病，逃避一次追捕……解决“散”就多截取属于后者的内容写入故事。

怎样解决你的剧本中的“散”的问题呢？

办法就是，要设计有头有尾的单元故事。比如我说的，一次约会，或者诊断一个疾病。比如主人公发现自己脖子上长了一个瘤子，医生说，这个瘤子有可能是恶性肿瘤，就是癌症，需要进一步检查。这是什么？首先，这是负能量，生病了，有可能是绝症！写到这里，你千万不要写成，这时，医生出去几分钟后折回来，对你宣布说：哦，放心吧，亲爱的，刚才我们几个专家会诊了一下，你的瘤子是良性的。如果写成这样，就是你没有抓住“戏”。什么是戏呢？就是由推倒这第一块骨牌所引起的一系列的连锁反应。

正确的写法应该是这样的：这个人物是一个亿万富翁（加强对比与反差），脖子长出了一个瘤子，被医院怀疑是恶性肿瘤，这个突如其来的消息打破了富翁家族内部看似平静的生活。接下去，如果瘤子被诊断为癌症，他可能最多只能活6个月。于是，一大堆事情将会相继发生：谁来继承家族企业的掌控权？四个儿子三个闺女，财产怎样划分？要不要对外宣布消息，影响到公司股票的涨跌，竞争对手的对策……这就是我说的，要开启一个完整的单元故事！这个悬念，这个单元，要一直进行下去，直到最后诊断出来那个瘤子到底是良性的还是恶性的。在这个结果出来之前的这一段时间里，观众是不会离开电视机的，频道都不会换，有尿也不去撒，憋着。这样写，这个故事当然就不会散。散是什么？就是随机性。你都是随机的，那观众的对这个剧的观看和欣赏也是随机的，就可以随意换台，就可以随意撒尿，就可以随意聊天。

新编剧：是，没有抓住观众。

陈秋平：这个不是你说的节奏放慢的问题，这样做节奏并没有慢下来，恰恰是有了紧张的节奏。节奏快，不是琐碎的东西组接的速度快，或者频率高，那个表面上的“快”是没有戏剧意义的。不是放慢节奏的问题，加N多琐碎的信息塞进了你的剧本，那个“快节奏”是虚假的快。那个快，观众一点都没有被吸引。况且，写剧本，节奏快也不是目的。吸引住观众的注意力才是目的，节奏快只是手段。节奏过慢会丢失观众的关注，节奏快也许会更牢弟弟抓住观众的注意力。还有，节奏的快与慢也是对比出来的。从头到尾都快，也就不觉得快了。必须有慢，才能对比出快。快了之后又要刹车，才知道前面那才是真的快。

新编剧：陈老师，写剧本的道道都被您给捉摸透了。

陈秋平：你去问问赵冬苓老师吧，她要是不琢磨透，能那么高产？还那么高收视吗？我还是那句话，你有生活，有感悟，有积累，你是可以写好剧本的。但是现在还不行，你还不懂得技巧。

新编剧：是的，听您这么一说，我还真是不懂。

陈秋平：我还是建议你耐心地听听讲座，看看我博客里的文章。毕竟，我们这样聊只是很粗略的。

新编剧：我迷茫了几天的心啊，终于看到点方向了。

陈秋平：剧本修改好了，不愁没有买家。我们自己的活儿还不够好，即便把这个不成熟的剧本卖给了某公司，甚至就算被某公司拍出来了，如果它不够好，甚至很烂，这部剧也没有前途，也没有生命力。所以，在写作上要去除浮躁，保持耐心，只有耐心地把自己的绝活儿练出来，拿出来，才会打动观众，打动制片人。我经常说，就像《中国好声音》一样，拿出绝活来，加上一定的平台，不想红都不行啊。

新编剧：嗯嗯嗯。

陈秋平：我相信，只有耐得住寂寞，认真做作品的人，才有机会成功。不要对现在的挫折妥协，不要害怕挫折，罗马城不是一天建成的，好编剧不是一夜之间炼成的，好作品也不能一蹴而就，好作品需要长时间的打磨。

新编剧：干啥也不是一天成的，是的，我再想想这个本子怎么改。

如何走出改稿的困境

新编剧：陈老师，我昨天发了一个栏目剧剧本到您邮箱，不知您有没有空提几点修改意见？打扰了。我在编辑老师的指导下改了十几稿，可总通不过。

陈秋平：好吧，我和你探讨一下。

新编剧：编辑老师说我的剧本太平淡了。估计是说前面铺垫的情节太平淡了吧！可我不知怎么样才能让那些东西不平淡。如果可以的话，您提几点修改意见，我去改，我也不敢太打扰您太多的时间。

陈秋平：让我们一点一点来分析。首先问一下，编辑老师都提了些什么具体的意见？

新编剧：提的就是“太平淡了，悬念不够”。

陈秋平：就这两点吗？

新编剧：主要就是这个。

陈秋平：你自己呢？你自己是什么感觉？或者你自己的困惑是什么？

新编剧：前面那些情节，我觉得没法设悬念进去。编辑老师要求我“看看怎么强化悬念和故事性”。后面使用美人计我还是搞了悬念的，但前面铺陈那些类似“前因”的情节，我无没设悬念，也不知怎么才更有故事性。

陈秋平：你觉得栏目剧剧本写作难吗？

新编剧：不算难写，但难通过。

陈秋平：我当然问的是通过难不难？写再多，通不过也是白写。

新编剧：那就是很难。起码这个稿子改了十几稿还没通过。

陈秋平：你这就是掉入了修改的困境，改稿的困境。

新编剧：陈老师的意思是，陷入了错误的思维定式？

陈秋平：先不说什么思维定式，只说要走出困境。要明确困境在哪里，第一件事就是弄清楚你的东家要什么？也就是说，编辑老师要的是什么？

新编剧：他们强调悬念，吸引人看下去。就是要把人留住，往下看，不换台。

陈秋平：好，那什么是悬念呢？

新编剧：让观众想往下看，并且想去了解结果是什么的那个东西。

陈秋平：能给我举个例子吗？你理解的悬念是什么？

新编剧：比如我的故事中间写了有人来讨15万的债，却没说明，观众就想知道，一个人怎么平白无故会有这笔债务。

陈秋平：例子不太典型，也不太准确。的确这个讨债15万令人费解，的确观众想知道缘由，但是令人费解还不是构成悬念的全部。你出一道数学题，我不会做，也会感到费解，但我放弃了，这就不构成悬念。首先要知道悬念的要素是什么，才能在故事里去设计悬念。那么，悬念的要素都是些什么东西呢？一般情况下，我们需要一个“引爆点”，这个引爆要强烈。通常情况下，我们的表现形式就是：出事了！罗伯特·麦基把这个叫作“激励事件”。为什么在故事的开头需要一个“激励事件”？那是因为观众普遍都太麻木了，都是重口味，一般的内容不足以打动他们，难得引起他们的注意，所以需要一个强烈一点的冲击，一个很打眼的开端。先看看你的剧本吧，第一页到第二页，是女儿想见爸爸，妈妈打电话给爸爸，不接。转而打给闺蜜，然后第三页是过几天女主角到公司，遇到丈夫和部下调情。女主角无奈又去找闺蜜，丈夫又要出门。第四页是家政公司应丈夫的要求来介绍保姆。第五页是保姆很漂亮，花心丈夫提早回家，女主角更加生气。女主角在街上发现丈夫和年轻女子坐同一辆车，然后冲上去厮打……好，先分析到这里。我猜测，你这样写一定有你的道理。但你知道编辑老师要什么吗？他要的是更加强烈的开头！

新编剧：悬念，故事性。

陈秋平：不是你说的那个模糊的或抽象的“悬念”，也不是笼统的“故事性”，而是具体的激励事件——引爆点！就是咣当一下，出事了！然后人物开始迅速地动起来。

新编剧：那是不是后面的绑架可以作为这个激励事件？

陈秋平：先不说这个激励事件是什么，一开篇，三两分钟，就必须咣当一下。我曾经说过一个比喻，我们一开始讲故事就在讲两样东西，一个是：出事了！另一个是：要出事。第二个适合于惊悚片，神秘、诡异，仿佛要出事，但一直没出。继续离奇，不安的情形加剧，有人受伤了，还有人失踪，甚至死去。而且，危险离主人公越来越近。终于，出大事了！

新编剧：神秘诡异。

陈秋平：这是第二种，而最常见的是第一种：猛地一下，打破宁静，打破常态，主人公必须激灵一下，动起来，朝着某个方向行动。

新编剧：嗯，明白，我写了老半天还没出事。

陈秋平：对！看你写的戏，观众不紧张，甚至观众很烦，觉得女主角这个人太磨叽了。还有，引爆之前要宁静，要常态，甚至要欢乐。一个外表看似幸福美满的家庭，忽然有一天，出事了，这事仿佛晴天霹雳，对于女主角来讲，简直就是灭顶之灾。这样才能动起来，观众才能从沙发上坐立直身子，看看女主角到底会怎样做。

新编剧：我写的事件是温水煮青蛙，没引爆点。

陈秋平：温水煮青蛙，是要出事，是第二种。可你这个也不属于第二种，因为没有紧张、恐怖、不安的气氛营造，一切都是明晃晃地摆在那儿，男主人公大大咧咧地做坏事，观众一看就知道那个丈夫是一个花花公子，他一步又一步地实现着花花公子的价值，观众全都看穿了，一切尽在观众的掌控和预测之中，这样还会有什么惊喜？还有什么意料之外？还有什么神经刺激？还有什么探究的必要和欲望？甚至，观众比女主角还知道得多。看着女主角那些可笑的举动，就觉得她是一个傻女人。而且，女主角总比观众慢几拍。你说，观众还有什么悬念感？这是我们通常所说的悬念缺失。

新编剧：您这么一说，我才明白。

陈秋平：设置悬念的要素：

1. 能刺激起好奇心；
2. 可引起连锁反应；
3. 未来不可知；
4. 能激发观众参与性；
5. 能让观众感同身受。

新编剧：接下来我就考虑怎么把这些毛病改掉。

陈秋平：你的第二个问题，就是故事性。编辑老师说了，你这个剧没有故事性，故事性要加强。那我问你，什么是故事性呢？

新编剧：事件的前因后果。

陈秋平：这样说不解渴，不能解决你的问题。难道你这个故事没有前因后果吗？如果你这个前因后果不足，那怎样才叫前因后果很“足”呢？

新编剧：看起来是零散的事件。

陈秋平：什么是故事性？怎样才能加强故事性？

新编剧：用悬念去加强。

陈秋平：当然可以。不过，可以举个例子说说，怎样去加强呢？

新编剧：完整的，生动的故事情节。

陈秋平：这些说法都缺乏操作性。生动，完整。怎样才生动？怎样才完整？比如，你自己这个剧本，现在哪里不完整了？哪里不够生动了呢？

新编剧：是不是要设置矛盾冲突？让事件丰富，吸引人？

陈秋平：那你这个故事没有事件吗？事件哪里不丰富呢？怎样去丰富呢？你的人物之间没有冲突吗？冲突不够吗？怎样才叫够呢？

新编剧：所以我不知故事性到底怎么增加。

陈秋平：这就是我说的第二个问题了。什么是故事，我总结过多次，再说一遍，故事就是两样东西，一是人物的动作线，二是人物关系的演变线，或者说这两样结合起来更好。

新编剧：听过课，就是不知怎么用。

陈秋平：但至少可以找出一样。动作是什么？就是人物有目的行动和行为。而且，这个跟悬念是相关联的，是引爆点引出来的。一个炸点，就把主人公炸懵了。等她回过神来，于是做了一个决定，她要干吗，一定要干这件事，非干不可，必须！坚决！于是开始行动——这就是动作。人物有了动作，接下来，编剧的任务就简单了，就是不断地给这个动作设置障碍。比如，女主角是一个贤妻良母，她对丈夫很好，对女儿很好，对丈夫非常信任，把俩人共同创业的公司交给丈夫打理，自己回家安心相夫教女，一家人幸福地生活着。可是突然有一天，她无意中没敲门就闯入了丈夫的办公室，却看见丈夫把一个女员工按倒在办公桌上，正在亲热。这对于女主人公来说，简直是晴天霹雳！接下来，她懵了，她被打入了感情的最低谷。她想了好久，终于决定了：离婚！这个戏就启动了，因为她有了动作——离婚。那你就是在离婚的这个动作线上设置一个又一个的障碍，直到最后一个障碍，女主角几乎过不去。最终通过努力，她过去了，婚离成了。我并不是让你真的这样写，我只是告诉你，什么是故事。这就是故事！

新编剧：我明白，就是说这样讲的才是故事。

陈秋平：这样写为什么可以？而你现在那样写就不可以呢？这样写观众知道人物要做什么，于是开始被引导着往前走，甚至被误导着朝错误的方向走。然后忽然折回来，这一折两折三折，就是所谓的一波三折。但是，你现在的剧本，搞了好多页，演了很久，还不知道女主角要做什么，观众就无法跟着走。观众只觉得人物的行动是随意、随机的。随机，就不专注了。不专注，动作线就不明晰，当然就觉得故事性不强了。观众更多的时候是很被动的，很顺从的。我们往哪里引，他们就往哪里去。你都不引导，那他们就只好乱走了。

新编剧：明白了。

陈秋平：第三个问题，你的任务在中间变了好几次，这个也破坏了故事性。

新编剧：这个是怎么回事？

陈秋平：不是任务不能变换，关键是每一次变换都应该是一个逻辑的关系，是逻辑的必然。我们来分析一下你的问题：

1. 女主角觉得丈夫不回家定有情况，于是去办公室，发现丈夫和秘书乱搞。本来应该跟着这个逻辑走的，结果——

2. 很快又有了漂亮保姆。好吧，那就朝着保姆往下写吧——

3. 又出现了坐在车里的小妖精。其实一个女人坐在车里也不能说明什么问题，冲动厮打就出糗了。这个被打的和出手打人的，后来也不了了之。真实生活中人遇到这种情况也不会罢休吧。现在又回到保姆了——

4. 保姆又出现了男朋友，这个纯粹是为了铺垫，没有必然联系。

5. 女主角开始用保姆来做诱饵，这个段落还不错。女主角用保姆做诱饵，并且最终弄了个捉奸在床。这是剧本中是相对完整的事件，这个就比较有吸引力，必须用这种方式来讲故事。讲故事就是要“单元化”，“事件化”，这样观众才能够跟得上。其他的都跟不上。你像一个走得飞快的男朋友，女朋友穿着高跟鞋在后面追，老掉队，还失去方向，经常找不到你。你得耐心地引领女朋友，还得给她讲解路上的风景。结果女主角胜利了，又来第六个任务——

6. 有人讨债，绑架。这里仿佛变成了另一部戏了。假如是倒叙，也许还可以。顺叙，感觉很突兀，也没有紧张感。然后，绑架案又不了了之，很快就报警了。

新编剧：任务多，讲了一半又去讲别的。

陈秋平：任务太多，并且中间缺乏必要的逻辑勾连，太缺乏内在的因果！我重申我的观点，不是不可以写多个任务，但必须串联在一条逻辑线上。这条逻辑线就是主人公的动作线。

新编剧：嗯。

陈秋平：还有最后一个问题，也就是第四个问题，就是价值取向的问题。这个问题不仅仅是技巧问题了。你现在写了一堆“坏人”（虽然不能叫反面人物，但起码他们都是负面人物），个个都因为自私而相互争斗。这个不好！也许现实生活某些事就是这样，但是如果你的故事这样写，观众就会厌恶他们，以至于觉得这个故事写的就是一群狗咬狗的争斗。随他去吧！甲狗咬伤乙狗，乙狗咬死丁狗，跟我有什么关系？活该的，都不是什么好东西，一群烂人，一堆破事。这样，就影响了观众的道德评判，就影响了观众的情感投入，当然就没有了紧张，没有了担忧，没有了激动，没有了感动，喊冤鸣屈，打抱不平，愤怒，同情，一切都没有了。没有价值取向和道德评判的作品，就是他们家的那点破事，没什么值得看的，当然也就没什么值得写的。

新编剧：嗯。

陈秋平：我的建议，你可以重新设计。如果你要写美人计，甚至绑架案，甚至酬金纠纷，那就把丈夫写成无辜的。他只是一个古道热肠的男人，但被一个心胸狭窄的妻子怀疑成出轨，以至于弄出一系列的麻烦，直到最后自食其果，后悔莫及，甚至最后想复婚，却已经晚矣——这样的故事，是批判女主角。

新编剧：这个劲爆。

陈秋平：如果你要想写丈夫是一个花花公子，那女主角千万不能犯不可原谅、不可饶恕的错误。主人公可以犯一些小错，非原则性的。但是，像现在这一稿里那种赖账、设美人计，这样一些龌龊的行为，绝不能做。你必须两者挑一。否则，就是一堆破事而已。

新编剧：嗯，我知道了。

剧本应该创新还是跟风？

新编剧：陈老师，想请教一个问题。

陈秋平：请说吧。

新编剧：有一个问题，长期困扰着我，就是题材如何创新？

陈秋平：这个问题的确很有意思，也很有意义。

新编剧：是啊。这个问题的起源是这样的，我作为一个编剧，在面对制片公司和制片人的时候，常常听到来自他们的两种声音：一种是觉得我写的东西不够新，没有突破，没有亮点，没有新元素。说我的作品太平淡，太一般，太雷同；另一种声音就是说，我的作品太自我了，不能引起观众的喜欢。于是提议我，不如想某某作品学习，不如干脆就山寨一个某某外国剧，不如干脆连剧名都直接贴近某某剧。这样的两种声音甚至就出自一个制片人之口，我就迷惑了。究竟我的作品是太自我（新）了，还是太大众（旧）了呢？接下去，我的创作究竟是应该去模仿学习别人的热门作品呢，还是应该加持自我创新，弄出跟市场大多数不一样的作品？

陈秋平：问题提得真好！好吧，我就试着来回答一下你的问题吧。

首先，先界定一下你的问题，因为制片方对编剧创作提出了两个看似完全相反的要求，一个是要求新，可能新就会带来个性化，特殊性，同时制片方又要求编剧要跟风，要借力，要模仿热门成功作品，于是你的问题就是：题材和写作，到底应该创新还是模仿？到底需要作品具有独闯性还是要趋同性？

新编剧：是的，就是这个问题。

陈秋平：好的。那我们来分析一下，究竟应该怎样去理清这些关系？

先来说制片公司的要求，对，你说的是对的。制片公司的确常常提出这样两种看似相反的诉求。那是为什么呢？制片公司和观众一样，其实是要求“新”的。因为艺术的本质就在于新，就在于个性化，就在于变化和发展。通常情况下，一件事大家没有看过，最容易对它产生兴趣和关注。新才打眼，新才是亮点。如果不新会怎样呢？当然就会出现所谓的“审美疲劳”。正因为如此，任何一个制片公司拿到一个故事或剧本的时候，总希望发现一些新的东西，一些打眼的东西，一些亮点。如果没有，他们立马就会失去兴趣。如果发现了许多看腻了的东西，就是那些俗套，那些千篇一律的东西，他们就会反感，就会无情地抛弃。在这个意义上讲，制片公司是最有发言权的，他们知道市场上哪些东西是亮点，哪些东西已经是陈词滥调了。但是，为什么又有那么多公司想让编剧抄袭、山寨、模仿和克隆那些成功作品呢？那是因为创新很难！创新的难，还不仅仅在于编剧想出一个新玩意儿很难，还在于许多新玩意大家都吃不准它是不是好的，是不是具备足够的吸引力和商业性。如果编剧想不出特别新，特别好，特别绝的东西，那还不如去山寨，不如去克隆。换句话说，制片公司真正要的，并不是新，而是好。当然，最好的是又新又好。如果不能太新，只要足够好（商业上的好），让制片公司能赚钱，即便旧一点，也凑合了。许多情况下，一种大卖的东西，从新到旧，还是有一个周期的。就是说，审美疲劳得有一个过程。所以许多的制片公司就是想赶这个风头，抓紧时间赚一把。当然，这样的想法往往也只是一厢情愿，许多跟风之作，其后果依然是商业上的失败。这就是制片公司的真实想法。总结一下：制片公司想要的肯定是又新又好，如果不够新，只要他们认为够好，也行。制片公司肯定不会要旧而平淡，旧而差。

现在来看看“新”。新到底是什么？新，当然首先是指题材新，然后会涉及到更具体的内容的新，比如人物性格，人物职业领域，故事背景，时代年代，地域特征，文化风貌等。新，就是罕见，不一样，有特点。绝对的新，是不存在的。新与旧都是相对的，都是对比出来的。那一般我们所说的新，是和什么想对应和对比呢？一般我们所说的新，主要是和观众有可能产生的观赏感受相对应，如果观众近期看腻了某个东西，那个东西就是旧；相反，如果近期（也许一年至三年）内很少看见的东西，有可能就是所谓的新。

怎样形成新呢？通常情况下，新就是创新，就是翻新。新就是旧瓶装新酒，或者新瓶装旧酒。要创造这样一个新的氛围，就得提倡“多样性”。多样性一定是针对一个“不多样性”的现象提出来的。不多样性，就是我们的影视创作中常常看到的“同质化”现象。尤其在题材的选择和表现上，雷同、俗套、重复、跟风等现象随处可见。虽然我们是写剧本的，我们自己也看影视剧剧，当我们作为观众的时候，连自己都开始厌倦了，那就是同质化。同时我们自己又是影视剧的制造者，而且还是原创者，这就比较纠结，比较矛盾了。

新编剧：对，这就是我的困惑。

陈秋平：这种同质化泛滥的现象正是出自我们之手！正因为如今创作界出现了非常严重的同质化，所以我们才要提出多样性和多样化！

新编剧：老师，同质化，是不是我们常常听到的类型化？

陈秋平：同质化不是类型化。好莱坞做了这么多年类型化，但是没有出现严重的同质化。我们现在所看到的是从题材选择，到故事框架，到人物和人物关系的设置等等，都有极大的雷同性和相似性这个叫同质化。而我们常说的类型化，是指的商业化。是根据商业上的经验，推论出一个前提：由于每个人的性格、性别、文化、教育、经济等原因，绝对被全体人都喜欢的影片是极少的。于是出现了针对某个兴趣相同的观众群而创作的那一类影片，就叫类型片。比如恐怖片，就是针对喜欢看恐怖惊悚电影的观众而创作生产的影片；喜剧片，就是根据喜欢看喜剧的观众订制的，等等。类型化是商业上的需要，是必要的。

而同质化则是创作上应该避免的。当我们打开电视机一看，要么抗战，打日本鬼子（现在可能只能打日本鬼子了，打别的都不太好打了）；要么就是"宫斗"，前宫后宫，斗来我斗去；然后就是"家斗"……前段时间曾经传说这几个题材可能会被广电总局禁止，其实广电总局的管理者和我们一样，看到的都是很严重的同质化现象。家斗戏，或者说叫现代家庭伦理剧，看这种剧的时候（我其实是非常有耐心的人），我经常会强迫自己尽量多看几集，但是我还是常常会感到看不下去，除了大量的雷同之外（连片名都在尽量的趋同），我觉得最严重的问题还是小市民气息和俗套的思维模式。我正在考虑写一篇文章，题目就叫《小市民电视剧可以休矣》。这种小市民思维，不仅削减了作品的人文价值，同时也就是我们所说的同质化。和同质性相反的提法自然就是多样性了。

新编剧：陈老师，你的意思是，我们应该提倡创新，反对抄袭和克隆，反对同质化，是这样理解吗?

陈秋平：是的。但我认为这样说其实没有新意，也不能很好地解决你所提出的问题。之所以你说的许多制片公司提出的，既要有新意，有亮点，有卖点，有不同的东西，同时又提出要跟风，要趋同，要克隆等等，他们提出这两个看似自相矛盾的观点和诉求，要从更深刻的意义上去挖掘其中的问题内核，否则我们大家都讲继续混沌下去。

新编剧：那么，那个更深刻的内核到底是什么呢?

陈秋平：我想从一个比较简单的概念上来谈一点我对这个问题的看法。我觉得要谈这个话题，就要重新提一个词——典型!具体说就是典型性或者典型化。

典型这个词在传统的文艺理论上是有，可是多年以来我们不怎么提它了。但是这个词其实不仅仅是文艺理论的概念，它还是一个美学的概念和哲学的概念。我们经常说这个事太典型了，这个人太典型了，英语里叫“typical”。“典型”这个词，可以阐述我们艺术创作的基本规律。

新编剧：那典型这两个字怎么来理解呢?

陈秋平：罗伯特·麦基，大家都知道他是编剧的讲师、大师、导师，他有一句话，我在很多地方都引用过，他说优秀的影视作品都同时具备两个属性，一是你乍一看它是崭新的，就是见所未见，闻所未闻；二是，当你仔细深入一看，才发现都是熟悉的，熟悉到里跟隔壁邻居一样。——这个就是我理解的典型性。

换句话说，什么是典型或者典型性呢?就是具备两个特征，一个是极具个性特征；第二，极具共性特征，就是群体特征。这两点是非常难做到统一的，或者说我们编剧永远都在挑战这两极之间最合理、最强烈、最协调的那个点。

这个原理可以运用到我们整个的影视剧生产的各个流程中。从我们的项目的策划，故事的构思，人物的设计，剧本的写作，影视剧的拍摄，一直到电视台的剧目购买，甚至评论家去评价这个作品，都可以用这个“在两极当之间去挑战那个最佳的点”的原理来进行。任何一个题材，或者任何一个作品，你首先去想它新不新？新奇是什么？新奇就是个性化，不一样，没见过。同时你又不能让这个作品新过头了，新过头会让人感到陌生。或者说你只强调它的个性化了，没有共性化，我们的观众就没有共鸣，没有感同身受。每一个作品的观赏都需要“感同身受”，无论你的剧中讲的是谁，讲的是什么时代，什么国家，什么背景，我都得看到跟我一样的东西。这就是我想表达的典型。

新编剧：那我们在剧本创作中怎样来运用这个典型性呢？

陈秋平：在剧本创作的实践中，我自己也遇到过这样的问题，经常碰到一些制片方，他们提出来非常高的要求，他说，我要从来没有见过的东西，我要一个从来没有听过的故事，一个从来没有在荧屏上出现过的人物。而另外一种声音却说，不存在这样的故事，不存在这样的人物。人类文明几千年，几乎所有的故事都被人讲过了。你讲的故事只不过是别人故事的重复或者翻版。其实这两种观点都不见得错，但是也都有一点点偏颇。说到底，我们就是在挑战这两极之间的最佳交汇点——就是你发现一个东西，一个人物或者一个故事，因为它有鲜明的个性。然后你在继续去深入发掘它的个性，发挥它的个性，发扬它的特征的同时，去发现它具有的共性。比如一个人物，深入挖掘他的特性特征的同时，去发现他作为一个人，作为一个男人，作为一个当代人，作为某个时代的人，作为劳动者，或者作为中国人，作为英雄所共有的那些特征，那就是他最具有代表性的东西，那就是共性！甚至发现他作为人类代表的某种共性（这就是我们常说的揭示人性）。只有这两者统一了，这个人物才是一个鲜活的人，才是一个值得去写的人。只有一件事情在这两点上统一了，它才是一件令人信服，令人感慨，令人感动的事。

新编剧：老师，我还是有点蒙圈，到底具体怎样去做呢?

陈秋平：是呀，怎样去做典型化创作呢？我自己在创作中也常常琢磨一些小技巧，想在这里分享。比如说什么是个性？怎样去表现个性？这显然是一个老生常谈，似乎是大家熟知的，但真正要写作的时候，在操作层面上，却发现它其实是一个很难琢磨的事。例如我们写一个人物，他的名字叫张晓明，那我们给他设计了一个个性，说他很内向。可细细一想，内向并不会是一个人所有的性格，内向的人应该不是一个，而是一群，而是一类。想了半天，所有的个性他正试着放在他身上，都无法认定那个就是他的个性。那么，个性到底在哪里呢?

我有一个提法：个性是诸多共性的叠加。这样说，听起来有点奇怪，我来解释一下。我在做人物小传的时候，就在想，一个人物的个性到底是怎样体现出来的呢？我想了一个办法，就是给这个人物“贴标签”。每贴一个标签的时候，我就意识到，这个标签其实不是个性，而是共性。不是一个人，而是一类人。比如张晓明，他的标签是“男人”，这是男性，把女人排除在外。这是一类人。“40 岁”“中国人”“内向”“当过兵”，这些都是标签，而且每一个标签都代表着一个共性的群体。可是，奇怪的事情就这样发生了！当这些“共性特征”叠加到一定量的时候，比如到了二十多个，三十多个标签的时候，你会忽然发现这个人物就有个性了，他就跟别人不一样了。这样做似乎还不全面，有时候我们在生活当中会有一些体验，像有些人的性格就是天生的，有些特质也是天生的。比如有的人唱歌很好，但他的家族没有一个音乐家，甚至家里连起码的音乐教育条件都不具备，这是什么呢？用老百姓通俗的说法，这叫“天生”的，是天赋。从科学的角度来讲，可能在遗传学或者生物学中有一个密码。不是有一个“基因排序”的理论吗？不管怎么说，包括基因的排序，它可能也是一种共性的叠加。我这样来讲不知道对不对，我的意思就是共性和个性本身是可以互为转化的。共性和个性的两极，以及两极之间的合理点的挑战、追求，其实就是现实主义创作中应该遵循的规律之一。我们看到很多的题材或者作品，最后在平庸的编剧和导演手里变成了我们不忍目睹的烂剧。甚至包括制片方，电视台购片的时候，他们希望买到某个好东西，但是他们讲不清楚。他们心里知道要什么，不要什么，但是讲不清楚为什么要，为什么不要。你仔细想一想，大概大家要的就是这个东西——既有足够的个性化，又有足够的代表性的东西，就是典型性的东西。

新编剧：我有些明白了，真的开悟。

陈秋平：我们提倡，要有新的发现，要有新的创造！就像著名编剧彭三源老师写的戏，她总是在挑战别人没有写过的东西。这里还涉及另外一个小的话题，就是所谓“写作禁区”的问题。我们经常发现，在写剧本的时候，编剧对自己有时候比广电总局或者是审查机关还要严苛，常常给自己画了很多禁区。我们经常对自己说，这个可能不能写，那个也不会通过审查，我们自己画地为牢。但是我们换一个角度看问题，发现很多成功的作品，就是敢于突破禁区。比如高满堂老师的作品，像《钢铁年代》，涉及了很多我们国家历史发展中许多的敏感题材区域；比如彭三源老师的《人到四十》，就写了医患纠纷，医院院长的腐败等等。为什么这些编剧就能写，写了就通得过审查，我们写了就通不过呢？他们很大程度就是典型化做得比较好，个性化做得比较好。如果做得不好，就会给观众一个错觉，要么就是以偏概全，不分青红皂白全面否定和批判社会，造成不良悲观影响（所谓的舆论导向问题）。反过来，如果写的就是极其个别的现象，不具备代表性或者共同的关注，作品也没有感染力、思想性和人文价值。高满堂老师在创作谈中讲的很多观念，我很赞成。比如写作前的采访，采访的重要性很大程度就是要我们创作接地气。接地气其实就是发现细节，发现细节就是发现个性，发现最精彩，最鲜活，最不一样的东西。如果你做到了这一点，你的作品就是有生命的，你的人物是有血肉的，有呼吸的，观众能感觉到。我们在写作过程中，有很多个性化的工作没有做好，由于我们没有做好个性化，写出来的东西就走到了另一极，就是只有共性特征，于是成了概念化，行业化，扁平化。

新编剧：您是说，我们要对笔下的人物做一些代表性的概括和总结吗?

陈秋平：你在写一个具体人物的时候，发现他经历了很多事情，你其实不用去主观地、抽象地总结它，不要去作宏观的概括。艺术创作就是形象化和具象化，抽象化是观众在看完你的作品之后所做的工作。你只要把这个人写好了，观众自然就有宏观的概念。如果我们事先去总结，很容易造成作品和人物的概念化。什么叫概念化（也叫共性化、概括化、符号化）？我举一个例子，我们经常看到的概念化、符号化，或者叫共性化的东西，就是在公共场所看到的那些标志。比如电梯在哪儿，厕所在哪儿，那个标牌上印制的简单图形，就叫概念化，符号化。你看那个图中的人就剩下圆点和简单形状去表现人头、躯体和四肢，你一看厕所的标志，很容易就发现男厕所和女厕所的区别，因为你可以很轻松地辨别那个图标是男人还是女人——这就是概念化、符号化。这个作为指示牌是非常好的，简单明了，一目了然。但文艺作品中的人物就不能这样做了。在艺术作品中，我们需要的是立体的、鲜活的、复杂的，具备鲜明个性特征的三维甚至四维的人！可是我们很多电视剧里，比如许多家庭剧中，比如我所说的“小市民剧”中，就是抽离了鲜活的人的个性特征，只留了“她是婆婆”“她是儿媳”的符号化共性特征了。

再举个例子，现代题材不能打仗，不能杀人，台湾编剧陈文贵老师说了，如果写古装戏，故事实在进行不下去，就可以杀人。现代题材剧不行，现代题材剧只能写车祸、绝症。我们看到了太多的戏进行不下去的时候，就会发生车祸，剧中人物就会得绝症。我们都看腻了！其实，车祸和绝症并不是绝对不能写，事实上我们就生活在一个每天都充满生老病死的社会中。我自己也经历过家里突然有了两个重病人，每天奔波在两个医院和家之间的路上的痛苦的日子。那时我才陡然发现电视剧里的那些极端事件离我很近，并不是很远。所以说，绝症和车祸为什么不可以写呢？关键是看你有没有写出“典型性”？你在写每个人物和每一件事的时候，有没有把足够的个性特征和足够的共性特征统一起来？有没有去尽你的全力挑战那个个性与共性的最极致的交汇点？

新编剧：好像是明白了，创新和山寨的诉求似乎也有一定的道理在里面。

陈秋平：是的，回到我们开头的题目，创新实际上就是找到个性化和特殊性的东西，而跟风和山寨，其实内核里真实的诉求是找到能够引起广泛共鸣的共性和代表性。如果做到这些，你就达到了我们艺术的真实，就能感动人，就能成为优秀读作品。所以，今天这个话题，我简单地将其总结为，如果我们想创作出伟大经典的影视作品，我们应该思考、审视，并强调这个概念：典型性！

制片公司是怎样看剧本大纲的？

新编剧：陈老师，想请教一个问题，现在电视剧制片公司的文学统筹或者制片人看大纲，会关注哪几个点？我感觉自己最不擅长写故事大纲，但现在似乎故事大纲成了卖剧本的敲门砖。我每次写完一个故事大纲都感到心中没底，写的时候也觉得不得要领。请老师指教。

陈秋平：你这个问题提得很好，这可能是我下面某一期讲座的题目。

新编剧：我写剧本还凑合，但写好的大纲发出去，反馈也不好。总是剧本还能得到某些认可和赞许，而一写大纲就遭到拒绝和批评。所以，我就特别想知道，电视剧的大纲究竟应该怎样写，故事大纲里面应该有哪些元素才会让人感兴趣？

陈秋平：好吧，我就来回答你这个问题。这是一个很有代表性问题，怎样写好一个电视剧或电影的故事大纲？或者，相对应地问题——制片公司到底要选怎样的剧本？制片公司是怎样根据故事大纲去挑选剧本的？

第一，看题材。

所谓题材，说起来也很笼统，很多人说解释不清楚，其实也不必太较真儿解释得那么清楚。题材就是你写的是什么。你写的是什么，什么就是你的题材。你写工业就是工业题材，你写姐弟恋，就是爱情题材……。笼统地说，看题材，就是看你写的东西对于制片公司而言有没有商业价值。当然，判断这个所谓题材的商业价值，永远都是仁者见仁智者见智。比如：有的制片人想跟风，所以想看的是你的题材有没有过别人的成功范例；有的制片人想出奇招，就挑你的题材是否新，是不是没有人写过。多数人是想跟风的，因为害怕创新有风险，依葫芦画瓢，总觉得是成功的捷径，所以这一点很糟糕。创新不仅很难的，还没有判断标准，所以有风险。但我还是在各个地方大力提倡大家写新的东西，至少，有新的角度或者新的切入点，这才有题材上的差异化，才有这个题材及作品自身存在的价值。

结论：题材要出新，要翻新。

第二，看故事核。

一般来说，一个好的故事核，一两句话就说清楚了。故事核怎样解释？也是一个形象的说法，不能准确定义，但我们不难理解，就是那个核心的故事，或者说，就是那个决定故事大框架、大结构的那个故事。

故事核有两方面的特征，一个是美学特征，就是要特别符合观众对文学艺术作品的欣赏习惯和欣赏心理需求，这个需求是经久不衰的，是有规律的，这个规律是放之四海而皆准的。我也说不清楚这个东西具体是什么，但我知道这个跟人类共同的基因密码有关系。总之，你找到了一个好的故事核，就等于找到了给所有观众挠痒痒的那个地方，一定会让观众很舒服。只不过这个舒服的程度，就是你讲这个故事的技巧和功力，这个功力决定了你作品的成功度而已。举个例子，刚才我们谈到的苏健老师那个故事核，就可以用一句话概括：痴男爱上“坏”女孩。这就是一个颇具美学特征的故事核。电视剧《拿什么拯救你我的爱人》，电影《原罪》等等，都用了这个故事核，数不胜数。假如你还想再写一个，照样会好看。真的，不信就试试吧！这是第一个特征，叫美学特征。

第二个特征，其实是来源于人物关系的构成。这个也属于故事核的部分，当然也可以成为我们要讲的第三点——

第三，看人物关系。

人物关系是剧中人物和人物的因果关系，是人物和人物之间的恩怨情仇。制片公司要看的是极具戏剧性的人物关系，尤其是电视剧。因为电视剧是长篇作品，光靠几个纵向发展的大事件，是很难支撑全剧的，所以需要一个我称之为“永动机”的玩意儿——人物关系。

什么是永动机？就是一台机器，你给了它一个原动力，它就不停地转动下去，永不停歇。世界上这个东西有没有？没有。我只是一个比方。在剧作上，永动机就是指有戏剧张力的人物关系：两三个人，四五个人，放在一起就不消停，动作不断，冲突不断，充满纠结，充满变数。当故事停顿下来的时候，你只要随便往他们中间扔一块石头（任何一个外来因素都可以成为这块石头：一个电话，一个眼神，一位不速之客，一场车祸，一次偶遇……），都会引起一场轩然大波，人物和人物之间都会激烈地冲突起来——这就是制片公司要看到的东西。

结论：你必须设计好一组甚至多组具有戏剧张力和不可预期的未来的人物关系。

通俗一点说，你必须要设计一群有千丝万缕关联的、有恩怨情仇的、纠结的、剪不断理还乱的人物。这是第三。

第四，看是否塑造了具有典型性的主人公。

什么是典型性?典型,就是同时极具个性特征和共性特征。

极具个性特征,就是新,就是特别,就是差异,就是我们见所未见,闻所未闻。听起来似乎很难,其实这个新,也不是不可企及的。在我们真实的社会生活中,每一个人都是独一无二的,绝对不会重合的。即便是孪生兄弟姐妹,也不可能相同。所以,只要注意观察、体验、提炼、截取,总能找到这样的独特的人物。但仅仅独特是没有意义的,还必须有代表性,就是必须极具某个人群或人类的共性特征。有趣的是,这种“共性”有时也是“个性”,比如在一群男人中突然进来一个女人,那个女人所代表的女人群的共性特征,就自然成了这个男人去里的“个性特征”,其实这个“个性特征”就是人们常说的女人味。女人味反过来又是一种共性,是女人那个人群共有的、相对于男人的那些特性。所以我说,个性和共性是可以相互转化的。

结论:你塑造了一个或者多个栩栩如生的,极具个性特征和共性特征的人物,就有看头。这个是第四。

第五,看潜在的感情烈度。

制片公司还要在你的大纲里看什么?要看情感的烈度——情感的感染力和震撼力到底会有多大?

我们写的是文艺作品,不是科学论文。文艺作品必须有情感的爆发力和感染力,必须催人泪下,引人爆笑,让人哀伤,激人愤怒,励人奋进。情感的烈度有多大,或者潜在的烈度有多大,就意味着这部戏将来会有多大的成功指数。

结论:必须包含情感震撼的潜质。这是第五。

第六,看作品是否具备认知价值。

或者说,制片公司想看到的是思想的价值。

这个是相对高级的要求,不一定每一部作品都必须具有很高的认知价值（或者叫作思想价值，思想性）。其实，就是编剧通过你的故事大纲所表现出来的对世界，对人生的看法和评价。你的这些认识就是你对世界和人生的独到见解。这些见解最好能够“人无我有，人有我好，人好我精”。如果你的作品有这样的价值，那可能成为艺术精品。

大体上就说这六点吧。

新编剧：老师辛苦了！

陈秋平：我自己做过影视公司的文学统筹（或者叫文学编辑，文学策划），怎么办呢？我们就是这样来看剧本的，尤其是看故事大纲。我们无法要求一个故事大纲细节丰富、羽毛丰满、有血有肉，无法要求一个故事大纲有呼吸，有脉动，有幽默的段落，精彩的台词，无法要求作品在大纲阶段就有韵味，有气质，但以上的这六点，是可以在大纲阶段做到的，也是常见的对故事大纲的要求。

写剧本就是挖金矿：找到故事的核心价值！

新编剧：陈老师晚上好！

陈秋平：晚上好！

新编剧：我的那个大纲您看了吗？很想听到您的指导意见。

陈秋平：好的。马上看看。

新编剧：太感谢了。

陈秋平：在吗？

新编剧：在。您请说。

陈秋平：问几个问题。1. 在你的作品中谁是主角？

新编剧：嗯，是杰克。

陈秋平：提这个问，是为了解决主视角的问题。那你这个故事是想讲杰克怎么了？杰克发生什么事了？对吧？

新编剧：是的。杰克想找个人恋爱、订婚，然后结婚。

陈秋平：那问第二个问题，2. 主人公杰克的人物发展弧线是什么？就是说，你的人物从开头到结尾，都经历了什么变化？有什么样的人生成长史？我们知道，人物需要成长变化。

然后是第三个问题，3. 你想通过他找人恋爱、订婚、结婚的故事说明些什么？想表达什么？也就是说，这个故事的主题是什么？

新编剧：主题嘛？是想说，爱不是儿戏，真正的爱必须在风雨之后。

陈秋平：你的主题是想说，爱情不是儿戏，那谁把爱情当儿戏呢？是你的主人公吗？他在玩弄爱情吗？

新编剧：没有。其实他的爱是很认真。

陈秋平：那他的真爱故事是什么呢？你能否用简单的几句话概括总结一下呢？这其实是第四个问题：4. 你的大纲的故事线是什么？故事是怎样发生和发展的？故事经历了怎样的变化曲线？

新编剧：一句话概括，就是他的女友被他的发小抢走了，他却和发小的女友相爱了。

陈秋平：好吧。我们再回过头来把这四个问题的答案全部串起来。

新编剧：嗯。

陈秋平：你的剧本是通过杰克被横刀夺爱之后，为寻找情敌（发小）的过程中，发现了爱情的真谛，并爱上了真正值得他爱的苏菲这样一个“换爱”的故事，说明了一个道理：爱不是儿戏，经历了风雨才能获得真爱。是这样吗？

新编剧：对。就是这样的。

陈秋平：这我就清楚了。但是，根据你的这个设想，你的故事并没有讲好。

新编剧：哦？为什么？

陈秋平：因为你的故事里没有是非的评判，道德的评价。究竟是谁把爱情当儿戏了？是谁在认真相爱？既然你说杰克认真爱，为什么他会失去苏珊？汤姆戏弄爱情，背叛友情，横刀夺爱，但却没有得到应有的惩罚、报应或者教训。自然，最终你也没有说清楚，到底杰克成长了没有？进步了没有？变化了没有？

他的爱会不会再次失去？他的幸福是不是真的找到了？我们看不出苏菲和苏珊到底有什么不同。我们也不知道杰克为什么要去找汤姆。是去找他复仇吗？是去问个究竟吗？失恋就失恋了，干吗纠缠不清？而且杰克找到了汤姆，也并没把他怎么样！这一切，都显得过于随机，过于随意，没有思想，没有逻辑。

新编剧：我本来是想写，杰克咽不下那口气，得找汤姆算账。

陈秋平：杰克找到了汤姆，他怎样算账的？最后他咽下了那口气吗？怎样咽下去的？

新编剧：最后他的确咽下了那口气。

陈秋平：但我们看到的却是汤姆跪地说对不起，难道就因为他会跪，就行了吗？就一笔勾销了吗？什么对不起？汤姆为什么要横刀夺爱？杰克又为什么要原谅汤姆？杰克之后又为什么会觉得苏菲可爱？汤姆移情别恋也许是因为一见钟情，苏珊移情别恋也许是因为钱，但杰克为什么也那么容易移情别恋，爱上苏菲？如果他都这样容易忘记夺妻之恨，转而移情别恋，那他还有什么资格去找人家讨要说法？正因为在你的剧本里，没有你对是与非的评判，没有得出谁对谁错的结论，也就基本肯定剧中谈不上有什么真正的冲突。在你戏里的那些所谓“冲突”，不过只是几个怂人之间的一堆破事儿而已！我们在这个故事里应该喜欢谁？为什么喜欢他？我们应该恨谁？为什么恨？都看不到。现在的情况给我的感受就是，我并不同情杰克，也不喜欢他，我甚至觉得他太窝囊，太没有志气。我也没有真正地恨汤姆，因为移情别恋也好，背叛友情也好，也不是什么大问题。至于汤姆和苏珊的闪恋，也是你情我愿，不至于让我（观众）恨到什么了不起的程度。一部不能给予观众喜爱和憎恨的剧，怎么支撑 30 集呢？所以，另一个问题便是：这个故事还太单薄！难以支撑 30 集。当然，最重要的问题还在于——这个题材这个故事的内在价值你并没有找到。

新编剧：哦。

陈秋平：这种情况可能是经常让编剧头疼的问题——作者常常沉浸在一堆看似好玩的纠葛和矛盾中，我们似乎也看到了剧中人物之间追来追去，斗来斗去，打来打去，仿佛很好玩，也许会好看，但仔细一想，到底这个戏能做到多大？到底这里面能够有多大的张力？到底这个故事有多重的分量？不知道。分量，就是质量，就是重量！也就是我说的那个“核心价值”。一个剧到底有没有价值，这是一个致命的问题。我在这里并不是说这个题材就注定没有价值，但是现在还看不到这个价值所在。为什么要强调这个“价值”？因为这个价值是观众走进电影院或停留在某个频道去看它的理由。这个剧真的值得我们去看吗？它真的有意思，并且有意义吗？它真的让我非看不可，决不换台吗？这几个人物的命运或者这段生活真的让我觉得很重要吗？

新编剧：哦。

陈秋平：你还记得我引用过的王兴东老师说过的关于题材质量的那句话吗？

新编剧：我没记住。

陈秋平：王兴东老师说判断题材冲突质量，可以通过五个角度来测量，他打比喻说就像用五根火柴去烧烤题材的试管，去测试故事里人性的变化：1. 权，权力博弈历来就是文学史中表现的重要题材和冲突来源；2. 性，男人和女人是演绎美好爱情和浪漫情怀，以及冲突升级很重要的元素；3. 钱，财富和利益，经济生活，是决定上层建筑和精神生活的基础；4. 生死，生命的珍贵和对死亡的恐惧，都可以形成考验人性的重要关头；5. 恶境，恶劣环境和人生低谷，是检验人物的勇敢和胆怯，坚强与懦弱的试金石。

回到你的这个故事里来，这物种考验都是可以有的。先说权。这个故事里有家族公司的内部斗争，权力斗争。两代人的爱情，是不是也可以有这个权力的影子？汤姆和苏菲的关系，也许就是家族公司之间金钱和利益的联姻，当然也是权或者利益在里面的支配。汤姆在这样的情况下逆反，婚礼上逃跑，对陌生女孩儿甚至一见钟情，为了自由和爱情而做出了非理性的行为，这样也许会有更好的张力。

然后说性元素。恋爱，就是两性情感，尤其是错位的三角恋情。这个故事里，没有表现出一个真正的三角恋情，所以，就缺少了人物和人物之间在爱情方面的冲突和交锋。

说说金钱。你只说了汤姆因为出走，失去了父亲的基本生活支持，他缺钱，想要钱。但你的剧本却没有把钱作为人的动作原动力来写。人为财死，鸟为食亡，人就是为了钱而动，而奋斗，而斗争厮杀。

生与死。这里面没有，是不是可以有呢？一个剧里当然不一定非得死人，但生死的考验，在很多剧里都是不可或缺的元素。

最后是逆境。你的主人公没有真正的逆境！你都舍不得让你的杰克被打击、被折磨、被打压、被蔑视、被侮辱、被欺骗，生活对他很温柔，很仁慈。你说说，这样写出来的故事还有什么看头？也许你想写一个喜剧，并不是因为喜剧，故事就一定是轻飘飘的欢乐着。你看看卓别林的喜剧，你再想想《泰囧》，或者只要你想得起来的所有喜剧，哪一部里的主人公不是被编剧弄成伤痕累累的呢？

新编剧：嗯，老师，这故事有这么多的缺陷，您看还有修改的价值吗？

陈秋平：我觉得你现在要做的，并不是不断地去否定一个故事（太多的人就是不断地否定自己故事，反复开头，无法继续），而是要在确定一个故事的基础上一步一步地去挖掘其中的价值。提炼！就是找找金矿究竟在哪里？金矿可以在任何地方，但你需要有一个筛子，去筛选。找到混杂在泥土和砂石中的那一点点闪光！

新编剧：说到底，我还是没有发掘出这个故事的核心价值。

陈秋平：是的。这个是创作中最痛苦的阶段，就是所谓的策划阶段（或者叫作构思阶段）。这个阶段我们要反复地问自己：我为什么要写这个题材？为什么要写这个故事？为什么要写这个人物（或这几个人物）？他们真的值得我写吗？为什么？理论上说什么人物都可以写，但关键要找出他们值得写的地方究竟在哪里？在他们的故事里观众究竟能得到什么启示？这些都要反复掂量，就是去寻找，这个题材的金矿到底在哪里？我们看了太多太多的故事，但大多数故事都是没找到价值的。那样的故事对于观众来说，就可看可不看；对于编剧来说，也就可写可不写。

新编剧：老师，我这个剧的“金矿”可否定位在“爱必须在正确的价值观指引下才能获得，否则得到也会失去”？

陈秋平：可以这样定位，就是确定了你的命题。在你的构思阶段一旦有了一个命题，你也要寻找到诠释这个命题的方式和方法。比如你这句：“爱必须在正确的价值观指引下才能获得，否则得到也会失去。”那应该怎么去写呢？方法就是我说的“压弹簧”——反向使力！“必须用正确的价值观才能得到”，那你这个戏的主要部分都是没有用正确的价值观去寻求爱情，所以得到的不是爱情。人物的价值观错了，就要受到惩罚，要遭到报应，要备受批判，历经艰难险阻，最后才懂得了这个道理。以此推断，最后一定有一次转机，有一个拐点，所有的人物都要服务于这个过程，最终才能得到上面那句话，作为结论。

回到你的主人公身上，杰克，既然他是主人公，那他就是主题思想的承载者。我们在这个故事里讲的不是汤姆的故事，而是杰克的故事。汤姆只是杰克故事里的一个不可缺少的角色。那杰克身上到底发生了什么呢？戏一开场就是他被横刀夺爱，于是他想干什么呢？想找到汤姆？找他作甚？杀了他？复仇？打一顿？用多大的精力和时间去寻找？寻找到汤姆到底有多难？这个寻找的过程好看吗？有意思吗？精彩吗？如果寻找并不曲折，找到他很容易，找到之后又没有发生什么，只是说了几句抱怨的话，然后矛盾就解决了，就冰释前嫌了，这个故事有多大意思呢？所以，这是个大问题！你必须给主人公设计好一个有价值的性格成长曲线。这个曲线上必须有一个（甚至几个）大困境，生活中的大坎儿，思想上的大坎儿，是大是大非，大的情感震撼。

新编剧：嗯。

陈秋平：上面的一番话，我并不是想否定你这个题材，你这个故事。我只是想说，创作最难的，其实不是开写，而是开写之前和开写之初，去找到那个价值。找到了，你的作品就是不俗的作品，找不到，即便你写了，也是烂作品。

新编剧：嗯，是这样的。

陈秋平：你可以和你的合作者一起讨论，需要讨论最多的，还不是写什么题材有人买？什么题材能够通过审查？什么东西不让写？这些问题都不用多讨论。要讨论的应该是：到底什么东西值得我们写？这个故事的价值在哪里？

新编剧：嗯，一定。这个才是最重要的啊！

陈秋平：好吧，今天先聊到这里。

新编剧：谢谢您！您辛苦啦！万分感谢！老师晚安！

陈秋平：晚安！

好剧本还是坏剧本

新编剧 A：陈老师，在吗？我想问个问题。

陈秋平：远山，说吧。

新编剧 A：老师您去天涯的影视剧本板块发表文章，您有看在那个板块的其他人发的剧本梗概、大纲什么的吗？您觉得他们写的如何？

陈秋平：说实话，我还没有看他们的故事梗概和剧本。

新编剧 A：我刚找到一个编剧发的帖子，他说那些人写的都是垃圾。我看到这个就懵了，不知道合格的稿子该是什么水平了。

陈秋平：合格的剧本，或者叫做好剧本，到底是怎样的呢？我也想听听大家的看法。

新编剧 B：各花入各眼，不好说的。

新编剧 A：那个编剧说，网上那些剧本的主题、创意、内容什么的，都不值得拍摄。

新编剧 B：好剧本，首先故事得有条理，不能东拼西凑的。

新编剧 A：创意为重吧，首先有亮点，然后是故事情节精彩，剧情合乎逻辑，发展有高潮，结尾有教育意义。

陈秋平：燕华说话，是想说剧本的好坏没有统一的标准。但我觉得每当讨论这个话题的时候，用这样一句话就把问题推开了，是不好的。毕竟，我们常常会被问，也常常自问这个问题：究竟什么是好剧本？什么是坏剧本？所以，我们要尽量找到这个相对的“统一标准”，否则我们真的不知道怎样写剧本。

新编剧 C：我围观。

新编剧 A：我看有些人的本子，其实不算特别，但也不知道好坏与否。

陈秋平：青荷，你也说说吧。好剧本坏剧本，这个问题没有标准答案，大家都可以发表看法。

新编剧 A：有一种说法，说有的剧本题材比较老旧，在网上一搜，出来一大堆。这是不是就不好？

新编剧 B：格式呢？如果格式不对，会不会让人认为剧本质量有问题？

新编剧 C：我能说出来什么是好小说，说不出来什么是好剧本。

陈秋平：我特别希望大家参与讨论，那你说说什么是好小说？

新编剧 D：围观！

陈秋平：未名时，也请发表你的观点。

新编剧 D：关于剧本还是小说？

新编剧 C：好小说要从大的冲突开头，情节高潮迭起，然后有一个不平凡的结尾。现在的网文界，都流行这样的小说。故事的好看是主要的，文笔是其次的。

陈秋平：通常情况下，我们好像都比较容易知道哪些小说或剧本不是好小说，不是好剧本。但是真到了我们自己写小说，写剧本的时候，会一下子陷入一种茫然。忽然就不知道什么是好小说，什么是好剧本了。

新编剧 B：我脑子里有很多碎片，但是就是不知道如何把它们写出来，变成一个故事。

新编剧 D：我觉得合格剧本和好剧本还是有区别的。

新编剧 C：有些电视剧看的我真心的觉得郁闷。

陈秋平：合格的剧本是低标准，好剧本是高标准。那么什么是合格的剧本？什么是好剧本呢？

新编剧 A：我和小燕的情况一样，写不出来。

新编剧 C：我肤浅地说一下吧。合格的剧本或小说就是该有的人物都有了，该有的情节也都有了，但是，不怎么出彩儿。

新编剧 E：个人觉得，区分好剧本和合格剧本的标准，就是观众是否能够感受到作者的情怀并由此获得某种力量。

陈秋平：听了大家讲的，我觉得都很有道理，但我还是想更加明确清晰的理解，究竟什么是合格的剧本？什么是好的剧本？

新编剧 B：故事引人入胜，情节跌宕起伏，逻辑性强。

新编剧 C：好的故事或剧本，就是该有的人物都有了，该有的情节都有了，人物与情节有着密切的关系，让观众看了欲罢不能，成为茶余饭后的话题，让人喜欢。这是我对好剧本的定义。

新编剧 D：抛开政治因素，按照建制、中部、结局这个程序，完完整整地讲好一个故事就是合格的剧本。

陈秋平：我再把这个问题提得具体一点，比如拿了一个故事梗概给你看，你怎样去判断和评价，它到底是好故事，还是一个不好的故事（不好的故事，不一定是坏故事，可能只是一个平庸的故事）？

新编剧 E：按照青荷的标准，似乎《泰囧》的剧本也能算是个好剧本了？

陈秋平：路北好像认为《泰囧》的剧本不是好剧本？

新编剧 A：估计我会主观用自己喜欢的类型去看，比如说我偏好动作片、科幻片、犯罪警匪片这样的。这些中间的好剧本，我会认为好。

陈秋平：继续，请，远山！

新编剧 E：我觉得《泰囧》的剧本只能算合格的剧本，说不上有多好。

新编剧 C：我也不认为《泰囧》是好剧本。

新编剧 A：看一个剧本好坏，也就是去看他的构造如何，剧情是否新鲜，人物交代和传承是否符合逻辑。

新编剧 F：我承认人在《人在囧途》除了最后的十分钟很硬掰，其他都还好。但是《泰囧》的剧本确实很糟糕，太不严整了。

新编剧 A：《泰囧》就是一个爆米花电影。

新编剧 D：好剧本，就不止局限在故事内容，形式上，人物，思想，形式可以要上一个档次。

新编剧 A：我觉得喜剧片嘛，让人笑够就算了。陈老师请讲。

陈秋平：我能否举一个例子？我最近看了一个老编剧写的电视剧的故事梗概。他写了一个抗战时期的故事。他写了一群人，不同的阶层，当时日本人要打到上海了，他们要从这座重要城市撤离，将国家和民族的重要财富、工厂和历史资料冒死撤离。这场大转移的目的地是当时的陪都重庆——大后方。在这场转移中，各个阶层的人物都有，有高层的，有基层的，有普通工人、教师、学生等等。内容我不能说得更具体了，但我想问大家，这个故事是一个好故事吗？这个故事能写成一部好的电视剧吗？或者，写成一部好的电影行吗？请大家发表意见。

新编剧A：那得跟《1942》、《金陵十三钗》差不多的大片才得。

新编剧C：好像没有主角啊?

新编剧A：我认为拍出来也许很宏大，但票房嘛，可能会吃亏。

新编剧B：人物很多，故事会不会散?

陈秋平：主角可以有，比如给他取一个名字，叫张三。

新编剧F：给人的感觉，都有点分不清楚主人公到底有几个。

陈秋平：远山，你为什么说票房要吃亏?

新编剧A：我觉得得看他从什么角度去写。

陈秋平：还可以有一个配角叫李四，还有一个配配角叫王五。

新编剧A：是电视还是电影来着?

陈秋平：是电视剧。但我也问了，可否根据这个写出一个好的电影剧本呢?

新编剧C：有没有斗争之类的?

新编剧A：剧情不曲折的话，我本人是没兴趣看这样的电视的。可能会写成一个有头没尾的电影剧本。

新编剧G：可以!《十月围城》就是这样的，也是人物群像，说的就是保护孙中山的事。

新编剧A：《十月围城》票房好吗?

新编剧G：不管票房，但是《十月围城》是好片子。

新编剧E：要写成电影的话，个人觉得，不容易写好，人物太多太分散，很难发展出来。

新编剧G：《十月围城》，也是各阶层的人都有，最后都死了。

新编剧 A：保护人还简单点，资料保护起来，不是很零碎？又不是现在的一个 U 盘就解决。整箱整箱地搬。

新编剧 E：如果是电视剧的话，这个故事点就有些俗套了，跟谍战剧、抗战剧什么的不大区分得开。

新编剧 G：这是我个人的理解，请陈老师说吧。

新编剧 A：本身这个题材就不好弄。你要整个搬运的计划，很艰难。

陈秋平：想听一听我的看法吗？

新编剧 F：想。

新编剧 A：老师请讲。

陈秋平：说实话，我其实也没有标准答案。但我想讲几点，供大家参考。面对这样一个具体的故事梗概的时候，如果我们还用一个模棱两可的回答来对应，是否就有些不负责任了？比如我们说：仁者见仁智者见智；也可能写好，也可能写不好。因为，没有真正大家都统一的“好的标准”。这样说是不行的，因为这个朋友把故事拿来给我看，我给大家看，都想听到一个负责任的评价。一个观点，一个看法，而不是糊弄人。我也不能糊弄朋友。就像好多童鞋拿着他们的故事或者剧本找我的时候一样。或者大家把一个故事大纲发给一家公司，制片人如果这样回答，我们也会不喜欢，不高兴。可是，我们的问题是，常常会因为这个剧本究竟好不好，陷入了无休止的论战，就像刚才的情形一样。为什么会这样？

新编剧 E：还是因为每个人“好”的标准不一样。

陈秋平：我来逐个分析一下吧。1. 路北说得对，我们没有统一的标准。或者进一步说，因为我们一定要讨论这个问题，所以我们需要先临时统一一个标准。没有这个“统一”的标准，就无法继续探讨下去。比如，刚才我们说到了《泰囧》到底是不是一个好剧本，这就出现问题了。我既同意一些同学说的，它不是一个好剧本；但我也可能同时同意它其实就是一个好剧本。那怎么办？所以先需要统一标准。怎样统一？我的建议是：大家回到一个商业的角度来谈。非商业（或纯艺术）的角度很难谈。

新编剧 C：懂了。挣钱多的，就是好剧本。钱少的，就是合格的剧本。

陈秋平：大家如果把戛纳电影节历年获奖影片的剧本来做标准，不是不可以，但是那个还是等于没标准。因为，艺术，尤其是“高雅艺术”，其评判标准是如何出新，如何在人类艺术巅峰上去添彩。那个真的是非常不容易找到共同标准的。我们对一个剧本好坏的评价，只能用一个大众标准，或者说，在大众标准的前提下，去尽量文艺一点，尽量艺术一点。这就是我们常说的：一个影视作品是不是“叫座又较好”。“叫座”是商业的标准或大众的标准，“叫好”是商业前提下的艺术标准——这个就是我们应该暂时统一起来的标准！这是第一个理由来统一标准。第二个临时统一标准的理由，还是回到我们自身，我们每一个人都有艺术的梦想，都希望去艺术的巅峰上摘下那个最璀璨的明珠。但是那个是一个遥远的梦想，我们现在其实非常需要的第一步，是卖掉自己的剧本！把那些码在电脑屏幕上的字，变成嘎嘎响的人民币（而不是戛纳的奖杯）。然后变成房子车子，变成孩子喜爱的玩具，变成孝敬父母的一件漂亮衣服！所以，我们要先把标准统一到商业上。

新编剧 B：现实面对生活。

陈秋平：在这个前提下来思考问题，才有意义。

新编剧 A：我就喜欢商业电影，老师。

新编剧 C：也就是说，我们的剧本好不好，就代表着我们能挣到多少钱。

陈秋平：当然不能走极端，不能极端到只要卖钱的就是好剧本，只要收视率高的就是好剧本。我们还是要追求既“叫座”又“叫好”。不知道这个建议能否和大家达成暂时的统一？

新编剧 A：哈哈哈，还是《再看流星雨》。

新编剧 C：其实，归根结底，一个好剧本到底好不好，就看达不达得到双赢。

新编剧 E：陈老师给出的答案从现实角度来说，是非常有用的，而且非常必要的。但是对于一个创作团体来说，即使定下了一个临时标准，那这个临时标准能维持多久又会出现新的问题。

陈秋平：路北，我用了“临时”，就是说大家讨论完之后还可以反悔，还可以“复辟”，还可以继续坚持自己的梦想。我说的是我们先临时确定一个标准，是为了便于眼下的探讨。

新编剧 E：对啊，所以标准就变来变去，到最后创作团队自己也不知道标准是什么了。当然，这是另外的话题了。陈老师请先说你的第二点看法吧。

陈秋平：先不变嘛。先不变不等于一成不变。我这样确定，是为了避免把讨论变成无休止的口水战，无休止的抬杠。我们先说说什么是商业片上的好剧本——这样可以吗？不是确定商业上的好剧本是唯一的好剧本，这样做的目的我已经阐述清楚了，是便于讨论。

新编剧 G：陈老师请说。

新编剧 F：是。

新编剧 E：明白，陈老师请继续。

陈秋平：回到二（我很二）。哈哈！现在说第二个困惑和建议。2. 我们其实很容易得到一个结论：什么东西不好看。什么是烂片，我们很容易辨别出来。甚至我们现在的观众，包括我们自己，都有这个基本的鉴别能力。我们的问题是，我们很容易批判一部作品，因为我们是喝着世界上营养最丰富的影视文化乳汁长大的一群人。如今我们几乎可以随手拈来世界上最经典的电影和电视剧。我们的口味因这些经典而提高了，我们是曾经沧海难为水。在我们眼里，大多数身边人写的剧本都是烂剧本！大多数中国银屏上的电视剧都是烂剧！这个不是我们的错，这个是时代赋予我们先天的优越感。这本身也是中国将会出现世界级高水准影视作品的前提和前夜。如果我们没有见过那么多世界级优秀的影视作品，我们就会被一部烂片儿感动得老泪纵横。但是如今我们真的不同了。

新编剧 G：这话提气哈！

陈秋平：我们是站在了世界上最高的巨人的肩头上了。我们是牛人！是牛鲜花！对吧？但是，且慢！同学们，能欣赏到那么多世界经典，说明我们只不过是世界级的观众而已。请大家先冷静一下，先不要那么膨胀好不好？不要那么自大！要知道，看过这些电影和电视剧的观众不仅仅只有中国人，并且，做观众和做编剧是不同的两回事。或者说，因为过去中国长期的封闭，我们才看了三十年优秀影片，人家可是看了一百年。但是，即便是看了一百年优秀电影的观众，毕竟，还只是观众。就如同读过一千本小说，你依然是一个读者，而不能自称为作家。问题是，我们现在企图从一个伟大的观众摇身一变，变成伟大的编剧。从观众到编剧，这中间到底有多长的距离呢？这差距不能说十万八千里，十万七千里还是绝对有的啊！我的结论是：我们完全具备随意批评一部剧本是烂剧本，一部电影是烂片的能力，但这个不解决丝毫的问题。我们还得从头来，从一开始最基础的东西来学习和理解，怎样才能写出一部好作品、好剧本。这是第二个困惑和建议。我的思维没有乱吧，同学们？

新编剧 F：嗯，没有乱，听得很明白。

陈秋平：第三个困惑和建议：3. 我们虽然都看过很多写作的理论，做过很多笔记，甚至好多人还是科班出身的，但是，理论毕竟是灰色的。我们用 A 理论常常可以去攻击 B 理论，打理论仗，变成了打嘴巴仗、口水仗。渐渐的，好多人把这样的争论变成了一种习惯性的行为，就是目空一切，否定一切，而且只图“嘴巴爽”，不求真结论，这已经成为我们在讨论问题时的一种习惯（舍本逐末）。我在天涯里也做一些分享，在那里有几个童鞋就喜欢来“踢馆”。我本来很想把他们的思路分析清楚，帮助大家深入讨论，并对各方观点做一些尽可能清楚的阐述和讨论。结果后来我发现没有用，无论你说什么，他们都可能将提出的观点贬得一钱不值。其实他们是特别想看到我愤怒，如果我恼羞成怒，他们基本上就完成任务了，就达到目的了。

新编剧 G：心理阴暗。

新编剧 A：什么人都有吧。

陈秋平：我并没有在这里批判他们的意思，我是想说，我们大家都有可能会进入这个误区，就是“爽嘴”，而忘记了真正的目的。那么我们真正的目的是什么呢？真正的目的，应该还是探讨如何向世界级的经典作品学习，并且向一切烂片学习——吸取教训，拿烂片当反面教材。反面教材也是教材啊！真正的目的，还是让我们自己的作品能卖出去，收到钱。

新编剧 E：“并且向一切烂片学习——吸取教训，拿烂片当反面教材。”我喜欢这个观点。

陈秋平：最终目的，一定是能让我们自己通过写作养家糊口，娶妻生子，买房买车。

新编剧 G：这话实在。

新编剧 H：已经娶妻生子的可以有钱看病。

新编剧 B：我也有这个忧虑。

新编剧 G：老师辛苦！

新编剧 A：您说说对于您哪位朋友的剧本的剧情，你有什么看法？

新编剧 E：继续！陈老师继续讲！

陈秋平：我讲第四吧！我们讨论的第四个困惑和建议——4. 我们常常没办法用简单的方法去评价一个作品的好坏，尤其是没办法用简单的方法去评价某一部作品的好。一个剧本到底好在哪里？到底怎样才算好？为什么会这样好？这些都很难评价。所谓“好”，其实是一个综合因素导致的结果。太综合太综合了！得具备非常多的条件，才能算是好。我们说了一个两个好的理由，三个五个，人家还是说你没有穷尽，你片面。人家还是能够挑出你的观点的毛病和漏洞。甚至人家举出了反证。所以，当我们想试图去评价一个影视作品、一个剧本的好时，往往就很困难。所以我刚才说，我们很容易评价一个作品的坏。原因很简单，有一点坏，尤其是坏到了相当的程度，就已经可以成为“坏”了。这跟评价一个男人是一样的。我们要说一个男人好非常困难。但要说一个男人坏，非常简单——他很花！他搞破鞋！他乱搞男女关系耍流氓！这就已经可以“千妇所指”了。回到我们的话题上来，我们很困惑，很难说明一个作品的好，因此，如果我们想要自己写出一部好的剧本来，将会是更加困难的事。那我们也不能因为自己写不出好作品，就不能对人家的作品品头论足呀！人家都拿着作品诚心诚意地放到你面前，就像我的那个朋友一样，难道我们残忍地拒绝评论不成？那我们应该怎么做呢？我的建议是，一个作品的好，是有一定的模糊度的。所以我们找一种相对模糊的方法，也是普通人观赏艺术作品时最常用的方法，去做一个简单的评价就可以了。这样是不是可以做到呢？如果可以，那么该用怎样的“简单方法”去评价呢？我找了一种方法，仅供大家参考。两个关键点：一是“有意思”吗？二是“有意义”吗？这个大家都会。比如回到我那个朋友的故事梗概，我就可以简单地回答他：你的作品“有意义”，但是还看不出“有意思”。有意思，就是好看，就是有趣，就是有观赏性。那个故事太过于突出爱国主义的主题，看不出什么好玩的东西来。

新编剧 H：不能引人入胜！

陈秋平：我的朋友老魏在看完了那个故事之后说得对，“没有什么东西吸引我”！在那个故事里，我没有欲望想知道更多东西。不就是讲爱国吗？讲重要性吗？是的，都有。可故事好玩吗？有意思吗？没有。比如，我们要写袁隆平，一个对中国人和世界人有巨大贡献的水稻专家，行吗？

新编剧 A：我作为观众的角度，这样的电视剧我不会想看。

陈秋平：写一个剧本讲科学家袁隆平的故事，我就觉得不好写。

新编剧 I：但有意思和有意义两者兼得的好作品很少，作为一个商业作品，陈老师您认为有意思更重要还是有意义更重要？

陈秋平：有意义，但是没意思。这就是问题所在，必须做到有意思并且有意义。

新编剧 F：按照陈老师所述，当然是有意思重要。

陈秋平：有意思一定是更重要的，有意义只是附带的。先要有意思！毕竟我们不是听学术报告，我们不是听道德经，不是去评价一个人的历史地位，不是做科学论争。如果一部作品“有意思”但是“没意义”，这样的作品也不算好作品。也许可以赚钱，就是纯娱乐嘛，就是娱乐至死嘛。这样的作品一定不是赚钱作品中的精品！当然，不是说袁隆平这个题材绝对不能写，关键问题是怎样写。如果不能写得有意思，那说明这个题材这个人就不能写剧本，不能拍成电影。

新编剧E：北京电影学院的黄丹老师写过一部主旋律作品，是一个好人好事的电影，命题作文，讲的是一个乡村教师的事儿。单写这个老师是没有什么意思的，但黄丹老师换了一个切入点，就是这个老师离开这个学校，学生们为了留住他，偷摸着给他介绍对象——这个故事就有意思了。

陈秋平：要写得有意思，这里面的门道就太多了。实际上是非常非常难的。不难，要我们这一群聪明人干什么呢？对吧？既然我们都是聪明人，都自以为可以给别的聪明和不聪明的人讲故事，还要人家愿意从口袋里掏钱来听来看，那么我们就需要认真地去学习和研究，到底怎样把一个故事、一部影视剧、一个剧本写得既“有意思”，同时还“有意义”。我的话就讲完了。谢谢各位！

新编剧E：谢谢陈老师！

新编剧F：陈老师所言极是。

新编剧G：陈老师辛苦，这么晚了。

陈秋平：这么晚了大家还愿意在这里听我废话，我很感动。

关于网络剧

新编剧：欢迎陈老师在百忙之中抽出时间来给大家讲网络剧剧本写作知识。

陈秋平：大家想了解些什么呢？

新编剧：请你谈谈网络剧单集的结构问题吧。如果单集网络剧是24分钟的话，分为几个时间段？每个时间段都包含什么内容？网络剧的投资风险比电视剧小很多吗？这是不是栏目剧限制很大，大家宁愿拍摄网络剧的原因？

陈秋平：这些问题值得探讨。我可以把我的理解告诉大家，不过这些问题没有标准答案，我说的也不一定对，观点分享，仅供参考。

我们还是顺着来说吧。

1. 什么是网络剧？

简单地说，在网络上播放的剧，就叫网络剧。这个定义非常不严谨，也许可以解释得更严谨规范一些，但如今的事物，是越来越难界定了。

我们最早的理解是这样的：电影和剧的区别是非常清楚的——电影，是指呈现已经创作制作完毕，并固化在某种介质（如胶片或磁盘）上，可以反复播映或放映的视频故事，尤其是固定在胶片上，通过光学机器投射到一块白色的布（银幕）上的可视的故事。剧，一般指实时真人表演的舞台故事。

这是传统的划分法。以前这两者是很容易区分的。自从有了电视这个新技术和新概念之后，就有些交叉和模糊了。电视上可以播放电影作品，电视也可以播放先前录制（固化）在某个介质上的剧，并且这两者也都是可以反复播放或播映的。这就带来了两个概念的模糊和交叉。到如今，电影和剧的区别越来越模糊了。

一般的理解：

电影——主要在电影院放映的，单集的视频故事，被称作电影。但不排除这部视频故事作品也可以在电视或其他媒介上放映。但它以影院放映为主。

电视剧——是主要在电视媒介上播映的视频故事，而且多数是连续的长篇视频故事。不排除这些作品也可以是单集的，或上下集的，同时不排除它们也可以拿到影院或其他媒体上播映。

这注定了是一个模糊的概念划分。

而当今出现了互联网，随之有了网络剧，根据刚才那个经验，我们可以进行如下表述。

网络剧——我们的理解本来可以叫“网络连续剧”，就像电视剧之前被叫作“电视连续剧”一样——以网络为主要播映平台，并且为多集连续视频故事的，可以称之为网络剧。不排除它们可以拿到电视上或其他地方放映。

网络电影——以网络为主要播放平台，且为单集视频故事作，一般被称之为网络电影（含微电影和网络大电影）。不排除它们也可以在电影院或家庭影院等播出。

2. 网络剧和电视剧有什么区别？

第一，片长不一样。除了播放平台不一样，根据网络剧的观影习惯（其实这个习惯还没有真正形成），一般认为网络的观影人群希望网络剧的长度别太长，以20—30分钟为宜。电视剧的观影习惯大家已经形成了，就是每晚上看两集，每集40-45分钟。近期片长也发生了变化，45分钟，甚至60分钟长度的网络剧正在被大家接受。

第二，结构不一样。片长的不一样，也必然带来结构上一定的区别。40分钟讲完一个故事段落和20分钟讲完一个段落，在结构要求上是不一样的。换句话说，网络剧的故事密度要更大，节奏要更快，拐点要更明确，每一集的结尾前（大概在15-18分钟处）必须有一个大的拐点，在结尾处（20分钟处）必须有一个新悬念，以勾引观众继续观看下一集。有的同学认为网络剧比电视剧更粗糙，但粗糙不是网络剧的特质，可能是因为制作经费少而造成的。

第三，题材选择不一样。这其实也是主要因为生产成本造成的。电视剧作为一种商品已经非常成熟，有了固定的商业模式，我们知道花多少钱去拍摄一部电视剧可以有人买。但是网络剧的商业模式还在探索中，我们不敢花很大的投资去拍摄一部网络剧，制片公司在摄制过程中要尽量压缩成本，降低风险。这样做，当然就导致了网络剧在题材选择上尽量为现当代题材，场面和制作规模不能太大，不能找明星大腕儿做演员。这些也许是暂时的，但我们作为编剧，写网络剧剧本就不能太夸张，不能太铺张。如果你写一集网络剧时空跨度太大，基本上就实现不了，实现不了的剧本是很难卖出去的。

第四，情节设计不一样。就是情节不宜太复杂，故事线索不能太纷繁。因为一集只有20分钟，太复杂根本无法讲清楚，容易造成看不懂的情况。当然，人物也不要太多，人物关系也不要太复杂。

3. 网络剧的观影人群是谁?

我们写网络剧的剧本，肯定要搞清楚是谁来看？将来的主流观众群是谁?

根据网络的特点，使用网络的人群偏年轻，一般是青年和少年为主（中年人和老年人是电视剧的主流观众)。这会直接影响到网络剧的题材、表现方式、时尚性、话题性、审美趣味、语言特质等等，这些都要具有年轻人的特点。

4. 网络剧卖给谁?

这个其实是指的网络剧的商业模式了。我们很明确地知道，电影卖给谁，电影是通过电影院直接卖给掏钱看电影的广大观众；我们也很明确地知道电视剧卖给谁，电视剧是卖给播出平台电视台（电视观众不掏钱，最终由在电视上打广告的广告主掏钱买单)。但我们现在还很不明确，不清楚，网络剧将由谁来买单?这个问题要从网络的特点来分析，网络本身就是一个新鲜事物，网络本来仅仅是一种传输工具，一种通信工具。但随着科技的发展，网络已经渐渐演变成为一种成熟的媒体。到2016年，网络剧已经可以直接由视频网站买断，或者制片公司和视频网站分享广告收入。甚至还出现了将一些网络剧放到“付费点播”频道，制片公司和视频网站对观众付费收入分成的新经济模式。

5. 什么是媒体?

媒体，是传播信息的中介物。正因为媒体具备传播的功能，才有了商业价值。比如电视就是一种媒体，一些想卖洗衣粉的商人，想把他们的洗衣粉信息传递出去，还希望尽量传递得广泛一些，于是找到了电视台，因为看电视的人多，电视成了传播的中介，即媒体。

但我们试想一下，如果我们建立一个电视台，24 小时都播放洗衣粉的信息（广告），是不是有作用呢？行不行呢？当然不行！没人看，传播和宣传的效果甚微。谁会没事儿打开电视机专门看洗衣粉的广告呢？

那么，到底电视上播放什么内容才会有吸引力呢？这个问题提出来了，于是大家就想啊想啊想，试验啊，试验啊，试验，最后终于试验出来了——讲故事，尤其是用演员的表演来展示这个故事。这种最具有吸引力的产品，被称为电视剧。

网络也是如此。所以，我们要把网络剧拍得和电视剧一样好看，一样吸引人，才有人喜欢看，才有人关注，才具有传播的价值，也才有经济的价值。

至于谁买单，这样一解释也就清楚了。

网站买剧，是他们看好你拍的网络剧，他们买到手之后，在片头、片尾和片中插播上广告，自然能将购买剧的钱赚回来。

5. 网络剧制作的门槛低

网络剧是草根影视人千载难逢的机会。

为什么？

首先因为网络剧的投资低。网络上对影视明星的依赖性远远小于电视剧和院线电影。事实上，真正的追星族永远都是少数，多数人之所以看中明星，大体是因为他们相信明星拍片自己就先行筛选过一次，从剧本，到制作团队等，明星们为了自身的品牌延续，都不会马虎。而观众在电影院是需要在极短的时间内决定看哪一部电影。一旦买了票，就得硬着头皮看完，中途无法换频道，也不可能退票，借助明星效应，可以最大限度地降低看到烂片的风险。而网络上随时可以更换，好看可以继续看，不好看可以及时终止。观众的自主选择权很大。

其次，到目前为止网络剧的审查还是属于网站自审，换句话说，网络剧的拍摄和播出没有“许可证制”，而电影和电视剧都需要政府审查并认可后，颁发放映（播映）许可证，才能在媒体上公开放映。这样的结果就是拍摄的尺度可以适度放大，进入的门槛也降低了。几乎谁都可以拍摄网络剧，无论你是公司、机构，还是个人，人人是编剧，人人是导演，人人是影视人。这样，草根影视人被影视圈发现并成长的机遇就来了。

我们常说一句话：在互联网时代，是金子就一定会闪光，绝对不会被埋没！

从今天起开始做一个民国人

新编剧：陈老师好！我看过您的好多视频讲座，很感激您！冒昧打扰一下，想请教几个问题，可以吗？

陈秋平：不用客气，多交流吧。

新编剧：非常感谢老师！我有个小小的请求，也不知合不合适说。就是，我写了个大纲，不知能不能请老师帮我看一下？如果老师很忙，也没关系，就不打扰。

陈秋平：你的大纲多少字？

新编剧：我想，我这样做可能很冒昧，但是主要是我不认识什么圈内人，不知道向谁说。大概是一万多点吧，还有人物小传。

陈秋平：是电视剧吗？

新编剧：是的。

陈秋平：什么题材？

新编剧：是讲一个底层社会青年奋斗的励志喜剧。

陈秋平：你把大纲发到我的 QQ 邮箱里。

新编剧：背景是民国时代的上海滩，一个底层社会小青年去上海滩闯荡，误入黑帮，最后通过一系列奋斗取得成功的故事。

（若干分钟之后）

陈秋平：还在吗？

新编剧：在，老师。

陈秋平：我粗略看了一下你的大纲，想先问一个问题：你的剧本开始写了吗？

新编剧：还没有，因为还没把握，是第一次尝试，不知道可不可行，所以还没敢动笔。

陈秋平：嗯，先别急着动笔写剧本，再磨一磨大纲吧！

新编剧：大纲是初稿，有很多不成熟的地方。

陈秋平：看得出你有写作小说的功底。

新编剧：嗯嗯，这种题材的电视剧不知是否可行？

陈秋平：先说第一个问题，是题材的着眼点。总体来说，这个题材没有问题，但着眼点要注意，不能写一个黑社会小混混的奋斗史，而要写上海滩一个小人物的成长史。这个很重要，中国大陆的审查制度不会允许以一个黑社会老大作电视剧主人公的。背景和素材都可以，但这个人，不能死心塌地做黑社会。他可以卷入，可以被利用，可以起起落落，但他不能当黑社会大哥。如果一旦当了大哥，这个污点就洗不清了。你写一个被洗得白白的黑社会老大，这样既不合理，也不真实，有美化黑社会之嫌。拿土匪作主人公的电视剧有很多，但“土匪”后来都投奔革命了。黑社会不太可能投奔革命，所以，你只能说这个人物游离在黑社会和白社会之间，甚至坚守了某些道德底线。

新编剧：对，如果改成这样应该就好些了。我原来没想到这个。

陈秋平：这个题材和角度还是蛮好的。第二个问题，是人物塑造的问题。你的人物还必须继续深挖，挖得越深越好，越细越好。但这还不是人物设计的关键性问题，这只是一个大方向。在你的人物身上，现在还缺乏一个东西，就是人物的“基调”。我在人物设计那个讲座里讲过，人物要有一个基调，也叫人物的主调，其实就是人物的主要性格特征。这个可能是人物的符号。人物设计，要从两个方面入手，第一是个性特征面。个性特征是什么？是共性特征的叠加。这个很有意思，仿佛是矛盾的，个性怎么会是共性的叠加呢？但仔细想想其实是一致的。我告诉大家一种方法，叫作“贴标签”。你往人物身上贴社会标签，例如：某某，男人，30 岁，读过一些书，上海滩底层小人物，干过苦力，做过丝绸铺的学徒，给老板娘做过家务事，在洋行打过杂……这里的每一个标签，其实代表的都不是一个人，而是一群人，或一类人，都属于共性。但如果在这个人物身上贴上了二三十个这样的“标签”，慢慢地，你会忽然发现，这个人活了，他开始具有个性了，有独特性和唯一性了。

新编剧：懂了，所谓个性，其实就是许多共性特征在一个人身上的叠加。

陈秋平：这是一个方法，这个是我在讲座里说过的。我没有说的，是另外一个东西，就是“人物性格的基调”。这个就是人物性格的主色调，在电视剧或其他艺术作品中，人们需要很快地发现一个人物身上最突出的特点。这个特点不容我们长篇大论地去阐述，必须简单明了地概括。最好能用一个词来描述，两三个字。比如：大大咧咧；比如：一根筋；比如：暴躁，等等。这样概括有助于我们在写作中始终把握这个人物的主调特征，以示与别的人物的区别。你的人物缺乏基调！甚至还经常出现性格的游离，性格的变形，跑调，不一致。在一部戏里，一群人的性格基调要尽量拉开，形成对比，形成强烈的反差，那样，人物才会有差异，才会产生戏剧冲突，剧本的故事才有意思。如果写的时候发现有些人物性格基调相互太接近，遇到这种情况，要么将性格重合的人物删掉，要么将其合并，要么重塑。

新编剧：对。

陈秋平：第三个问题，是你的喜剧性。你想写一个喜剧，但现在还看不出来这是一部喜剧。

新编剧：对的，我自己也觉得不太具有喜感。

陈秋平：当然，在大纲阶段不可能把喜剧完成，也不需要在这个阶段完成喜剧的全部呈现。但是，你必须在大纲里设计出喜剧的根基。现在看来，你这个还不是典型的喜剧，只是其中有了一点喜剧的因素而已。那么，什么是喜剧的基础呢？主要是两个吧。语言目前看不到，但有两样是可以看到的：一是喜剧的人物性格，二是喜剧的结构。想写喜剧没有错，但要知道怎样才能做一个喜剧。

新编剧：主要是我在喜剧写作方面也没有经验。

陈秋平：喜剧性格是最重要的——喜剧人物性格！你的主要人物的性格，必须具有喜剧特性。性格的喜剧才是真正的喜剧。离开了喜剧的人物性格，喜剧往往流于表面，只是一些搞笑的段子而已。你这个主人公，有一定的喜剧性，比如一开始他就是一个倒霉蛋。倒霉蛋就是喜剧的人物特质。为什么呢？因为喜剧的中心美学特质，就是要刺激和唤发起观众的优越感。你的人物如果很富有，很尊贵，很聪明，观众就笑不起来。观众一定是对比自己傻的，比自己倒霉的，比自己窘迫的人发出笑声。所以说，你这个倒霉的主人公有一定的喜剧性。但还不够，还要深挖一下。喜剧人物的特质中，必须有相当的夸张成分，这一点你的人物身上就不够。还有，喜剧效果也是对比出来的。所以，喜剧的人物设计，是一个性格的系统工程，是一群各有各的喜剧性格的人物撞在了一起，起了喜剧的化学反应。这样才有喜剧。这也是要注意的：你要写一群可笑的人，而不是一个。这是性格。

新编剧：的确是这样，第一稿大纲，看来好多问题。

陈秋平：再说说喜剧结构，也是有要求的。喜剧讲究的是夸张，讲究的是巧合。这个也需要你去研究。

新编剧：老师讲得太好了，让我有很多领悟。

陈秋平：第四个问题，是你的单元故事还不够明晰。电视剧和电影不一样，篇幅太大，太长了，如果不分章节，部分段落不行。必须分段落。所谓段落，就是一个又一个的单元故事。单元故事，首先必须有单元化的事件设计。所谓单元化，就是这个段落自身有因果，有开头有发展有结果，有悬念，有迷雾，有曲折，有变化，有意料之外的结局。一个悬念设置好了，就用它慢慢去折磨观众，直到结果出现，转入第二个单元。现在你的故事很乱，很杂，什么都有，什么都没有讲透。最好每个单元故事，都说明了上海滩的一个社会面，展现了一个方面的风采。而且，一个单元故事解决你想表达的思想的一部分。

新编剧：是啊，这样设计就对了！我先前没想到。

陈秋平：一个单元故事镌刻下了这个人物的一个成长阶段。人物就是经历了一个又一个的事件，才真正成长起来的。这样设计，你也可以顺便就把人物的成长弧线画出来。最终，他变成了一个什么样的人？完成了什么样的蜕变？蝉蛹是怎样变成花蝴蝶的？你通过这个小人物的成长，告诉了现在的年轻人一个什么道理？其实，写民国，也是写现在，借古讽今罢了。

新编剧：对，是这样，我想写的就是这样。

陈秋平：与现实的关联，也叫关照现实，就是现实主义，就是警世恒言，就能够引起现代人的共鸣，这才是编剧真正的任务和使命。

新编剧：我是想把一个巡捕房设计成现在大学毕业生的职场，主人公代表着进城的底层民工，或者凤凰男。

陈秋平：这是我要说的第五个问题，就是人物关系的设计和表现。你目前让人看到了一个小人物的个人奋斗史，这个在我的概念中，叫作“动作线”的故事。这个故事很清晰。但一部30集的电视剧，光有动作线的故事是很难支撑的。还有另外一个故事的支撑，就是人物关系的设计。你的设计是有的，这两个人物是同父异母的兄弟。但这两个人物要尽早产生关联，而不是各干各的，各行其是。这方面你的故事表现得不好。你必须让你的人物产生某种关系！就是我说的构成我们剧本所需要的“戏剧关系”。戏剧关系，通俗地说，就是恩怨情仇。这种关系必须纠结，必须纠缠，必须交手。为什么呢？因为故事需要悬念！人物的动作线——人物想做一件事，非做不可，观众就会关心他最终能否做到，做成，这就是悬念。人物关系的设计也是为了创造悬念——观众会关注，到底某甲会不会和某乙好？某丙会不会找到他失散多年的哥哥某丁……这个是观众最容易看懂，也最容易关心的悬念。好吧，就说这些了。

新编剧：嗯嗯。

陈秋平：你年龄多大？

新编剧：我是1976年生的。原来没关注过编剧这个领域，这是今年才开始关注的，所以，太多不懂。

陈秋平：这部戏，我还担心你写剧本的过程，就是细节和语言。这个题材很好，很容易引起制片公司的兴趣。但你还必须写出几集剧本，他们才会和你签约。不是你的台词功夫不到位，而是上海滩的形形色色人物，还有细节，是否能准确地表达。如果你要写好这部戏，就得做好功课，不能急于求成。

新编剧：好的，明白了。

陈秋平：最好能去图书馆查一查民国的报纸，还有其他一些资料。从今天起，你就开始穿越了。你必须先做一个民国人，穿旗袍，坐黄包车，十里洋场进进出出，跟上海滩的旧人物交朋友，打麻将。头疼脑热了，就服人丹。好了，意见和建议都讲完了。

新编剧：好的，太谢谢老师了！

陈秋平：加油吧！

影视作品的格局由什么决定？

新编剧：陈老师，能否谈一下剧本的格局问题？

陈秋平：好的。我想这是一个很好的问题。但是，我先得问一下，你所理解的格局是什么意思？问题能否提得更具体一点？

新编剧：我想，格局是不是可以理解为主题的“大”与“小”？

陈秋平：我大概知道你的问题了。

新编剧：谢谢！

陈秋平：我们的确在创作中经常听到这个词：格局。常有人批评某部作品，说它格局不够大。但是，如果把格局理解为主题的大与小，可能还是有一些问题。因为通常情况下，主题是没有大小之分的。一部戏的主题可能会有深刻，或者不深刻之分，但没有大小之分。主题是什么？有很多人容易混淆主题和题材的概念。题材，是指你写的是什么。你写工人，就是工人题材；你写军旅生活，就是军旅题材；你写抗战，就是抗战题材，等等。而主题，通常就是一句话（注意：是一句话，而不是一个词或者词组!），是一句带着一定思想性的话。或者说，是一个观点，一个思想，一种理念，一个结论。主题我们常常用一个复合句来表达，比如：通过了什么什么，表达了什么什么。这就是主题的表述方式。当然也有更为通俗的表述方式，我曾经和大家分享过的，当你看完一部戏，走出电影院，或者关掉电视机的时候，这部戏深深地打动了你，使你禁不住感叹一句什么话，那句话，也许就是主题。比如你感叹道：嗨，看来，人就是要有梦想——至少，这就是你作为观众总结的这部戏的主题。可能有些同学要问，假如我看完了一部戏，走出电影院没有感叹，或者感叹的是：真不知道这部电影（电视剧）讲的是什么。那怎么办呢？我只能说，这就说明此电影主题不明确，不明晰，模糊，不知所云！

为什么说主题没有大小之分呢？因为，我们不能说一部戏所探讨和研究的问题越深刻，主题就越大；反之，也不能说探讨和研究的问题越大众，越普通，主题就越小。比如有这样一个主题：善有善报恶有恶报，这个主题就谈不上深刻，这是一个大家很容易理解，普遍赞同的，甚至都耳熟能详的大道理。但你不会认为这个主题小，不会认为这个主题不重要，或者不值得写。这样一个很普通很平常的主题，曾经演绎出许许多多经典名著，还将在未来演绎出完全不一样的新的100个，甚至1000个好看的故事来。只要写得好，这样主题的作品照样能够打动人，能够给人启发，令人深思，所以主题本身是无所谓大小的。主题无大小，但格局却有大与小。那么，格局到底是什么东西呢？格局和主题是什么关系呢？

应该这样说，主题不是格局，但主题和格局有着密不可分的关系。在剧本里，我们是通过一个故事的讲述，去阐述一个主题的。你用了一个怎样的故事去阐述，这个是有大小之分的，这个就是我们说的格局了。这个故事可能有宏大的场面或者气概，这个故事也可以是涓涓溪水、和风细雨般娓娓道来，这里面是有格局大小之分了。那么，怎样来判断一个影片，或者一部电视剧的格局大小呢？大约可以从以下几个方面去判断：

1. 人物。人物有大小之分。大人物，是指权高位重的人物，指历史上有影响的人物。是指对社会，对人群有很大影响力的人，这甚至不一定是人的社会地位、阶级或阶层，甚至可以是人物的性格。性格张扬外向的人，进攻型人格的人，格局就大一些，因为他们影响力大；内向型、防守型人格的人，格局就小一些，因为他们更趋趋向于静态、被动，影响力较小。这是第一个构成。

2. 背景。你把人物放在怎样的背景下去讲故事？如果你的人物生活在一个大时代，一个轰轰烈烈的环境，一个大家族，一个大人群，一个历史转折点，一个较大的地理范围。这样的作品格局就大。反之，就小。比如你写的是一个封闭式的小家庭，闺房中的女孩子们，一个小山村，一座冷清的庙宇，等等。格局相对就小些。

新编剧：大场面、大时代、大人物，一般就格局大点，是这个意思吗?

陈秋平：是的。但是，格局的大小，并不代表作品的优劣。刚才说了两个方面，一是人物，二是背景，现在说第三个——

3. 气势或者气息。这个比较虚，不是很实在，但客观存在，是一个综合的气质，一种气场。一部影片是一个综合艺术表达的结果，我们常常能够感受到这种气息。

新编剧：如果反应大时代大动荡，格局也是大的。

陈秋平：气势或气息，包括场面、色调、节奏、音响、音乐、气氛等等，我打一个比喻，也许更容易懂，比如交响乐和室内乐，前者就宏大，后者就娟秀。这个是一个综合艺术营造出来的格局对比。这是第三个，叫作气息、气质，或者气势。

4. 题材。题材决定格局。题材是什么？题材就是你写的是什么？你写的题材可能很重大，比如重大历史题材。也可能很内敛，很微观，比如一个小家庭。这个是什么区别呢？用下面的表述比较容易理解宏观和微观：其实是一个视角，或者景别的差别。如果你的题材是站在一座山上才能看到的，这个格局就大；如果你写的题材是用放大镜去看的，甚至显微镜去看的，格局就小这。个能理解吗？同意这样的观点，价值观和情怀，也决定一个作品的格局。这个就是我们先前提到过的“关乎什么”，这是第五——

5. 价值和质量。你写进剧本里的故事或者事件本身所展现的道德价值、社会价值和重要程度，甚至严重程度，这个也可以决定你的作品的格局。这里面也包括刚才说的“情怀”。举个例子吧，假如你写的故事或者事件是关乎如何处理邻里关系的，这个格局就小了。如果你写的故事或者事件是关乎善与恶，成功与失败，生与死，忠诚与背叛等，这样的剧本就能写出大格局。

好了，关于格局，先总结这些吧。也许还有，未能穷尽，至少这几个方面是可以决定一部作品的“格局”的，提出来供大家参考。谢谢大家！

新编剧：谢谢老师！

为什么不吸引人

新编剧：陈老师，忙不忙？

陈秋平：有什么问题吗？你说吧！

新编剧：如果你不忙的话，我有一个几千字的大纲，想请你看看，提点意见。

陈秋平：发给我吧。

新编剧：多谢你了！

（半小时后……）

新编剧：在看没有陈老师？（不好意思打搅你哦！）

陈秋平：看完了。

新编剧：谢谢！这么及时。你觉得有什么问题吗？

陈秋平：问题……问题是，故事还不吸引人。

新编剧：我也觉得，就是有点这个问题。那你认为怎样可以改进，使故事新颖一点呢？

陈秋平：还不是故事不够新颖，或者比较陈旧的问题。

新编剧：是吗？那是什么问题呢？

陈秋平：是我们如何讲一个吸引人的故事的问题。这个问题也许是长期困扰我们每一个编剧的普遍性问题。

新编剧：请奉献您的宝贵经验！

陈秋平：一个故事到底好看不好看？讲出来会不会吸引人？是这个问题。

新编剧：您在写剧本的时候也会遇到这样的困扰吗？

陈秋平：当然会遇到，常常遇到。这实在是一个很费神的问题。

新编剧：呵呵！那您是怎样解决的呢？

陈秋平：我们来探讨一下吧。要解决这个问题，可以将其拆分，这里可能有技巧问题，还有美学问题，甚至也有人生经验的问题。既有形式的问题，也有内容的问题。好吧，我试着来分享一下我的思考，仅供你参考。

新编剧：很好，很需要。

陈秋平：首先，说说你的主人公的设置。这是第一个问题，你的一号主人公肯定应该是张曼玉吧？

新编剧：这是资方提供的一个原型，也是我设计的一号人物。

陈秋平：想想，我是一个观众，张曼玉这个人到底有什么值得我看的呢？这样想，决定了我怎样写，就是这个人物到底有什么值得我写的呢？这个是首先要想的。说她美丽，我们可以相信，选一个美女演员就可以了，这个也不属于编剧的任务。关键是性格——她的性格能够演绎出来什么故事呢？从目前的故事梗概上看，她是一个得了绝症的女孩儿，要外出旅行一次，想通过旅行弄清楚人生人死的意义。或者说，她想让自己独自旅行，去体验和思考一些东西。从结局上看，最后似乎也想通过她的这次旅行，告诉观众这个意义？但是这个意义是什么？她在故事里做到了吗？怎样做到的？还是说，这次旅行更多的是一偿心愿？在得病之前有个愿望，一直没有时间完成。病了，快要走完人生路了，去完成夙愿？我看到结尾，还是不知道。

新编剧：是的，应该属于一偿心愿。

陈秋平：如果她只是为了偿愿，这个故事有什么看头呢？或者说，怎样讲这个故事，才让它有看头呢？我来做一个假设，假想我家隔壁住着一个女孩儿名叫张曼玉，她得了绝症，要去旅行偿愿，我得知这件事，会引起我多大的关注和关心呢？如果真的要我关心她，必须给一个理由，那就是我必须认为她非常可爱。所以，问题就找到了！回到刚才的话题上来，你的主人公是怎样设置的？她够不够可爱？目前来看，她没有多少可爱之处，或者说我看不到什么可爱之处。于是，就没有让我爱她，关注她，关心她的理由。一个人要可爱，远远不是她的外貌能决定的，更重要的是她的性格和人品，情趣和情操。是她对人对事的态度和行为举止。

新编剧：其实我塑造张曼玉的时候，已经在资方提供的原型人物基础上做了很多的丰富了。

陈秋平：总之，要让我（观众）爱上你的主人公！怎样才能让观众爱上主人公呢？有一个非常简单的办法，就是“救猫咪”。这个是好莱坞的经典做法。就是让主人公当着观众的面，去做一件善事，一个善举。甚至是一件小小的、微不足道的、下意识的一个善心的小动作。

新编剧：嗯，这个很好！

陈秋平：比如让你的主人公去救一只处在危险中的小猫咪——也有可能不是猫咪，而是一个孩子、老人、小狗等等。我给你举两个例子：第一个是我在飞机上遇到一个女人，她身边坐着别人家的孩子，那孩子可能不适应飞行，总闹。哭闹声会弄得大家都很烦。那女人也许心里和我们一样的烦，但她的表现方式不是漠然，不是不屑，也不是对孩子家长的抱怨和愤怒，她做法却是从自己的手袋里取出一块巧克力，掰成两半，一块给了孩子，另一块给孩子示范放进嘴里。孩子学着做了，接着她还搜寻身上的小玩意儿送给小孩子玩。孩子迅速就安静下来，对她报以微笑。我在一旁目睹这一幕，立马对这个女人产生了好感。后来知道，这个女人跟小孩和孩子的父母没有任何关系。还有一次，我在长途客车站遇到一个男人带着他的小儿子，父子俩在说话。我碰巧凑近听见了他们之间的谈话，那男人把孩子当大人一样在聊天，甚至把钞票拿给孩子去窗口买客车票，我一下就对这个父亲产生了敬意和兴趣。我觉得这个男人是一个有爱心和懂教育的人。这就是好莱坞的老师说的“救猫咪”，用不着大量的场面和铺垫，一两个小事，一下就见效，让观众迅速喜欢上主人公。当然，你的女一号张曼玉还可以有更多让我们觉得可爱的表现，这个需要设计。如果我们不喜欢她，就不会对她的命运产生关切和担忧。这是第一个问题，就是人物——“一号人物”的设计或设置的问题。

新编剧：很好！

陈秋平：第二个问题，是事件的选择。从你现在的格局来看，这个片子的类型属于公路片（其实是不是公路片不重要，所有的类型影片，都需要对事件进行有效的设计），但你的故事在事件的设计上还很欠缺。所谓事件，就是单元故事。在传统的文艺理论里，我们常用“情节”这个概念。通俗一点说，就是故事，或者单元故事。看看你的梗概，对于张曼玉来说，她在这个剧本里到底都经历了一些什么事情呢？目前看来很难找到值得一提的事件。剧中她遇见了一个以前的梦中情人！这个应该可以成为一个很好的事件的，可没有呈现得很好。我们看到了什么呢？

这个男人的出现对于张曼玉都起到了什么作用呢?或者说,到底对张曼玉产生了什么戏剧作用呢?所谓产生了戏剧作用,一定是打破了她固有的常态,干扰了她的行为或行动,或者刺激并促成了她的新的行动和行为,推动她往前走,或阻挡她往前走。或者,这些事件让张曼玉陷入了某种危机或困境,使她产生了某种选择上的两难,引起了心情和感情上的某种纠结,形成了她和周边人物之间关系的某种冲突或变化,并还将不断改变她和周边人物的关系……只有这样的事件才有戏,才具有戏剧性,这样的事件才好看。此外,设计事件,还要尽可能地让这些事件具有某种刺激性,某种冲击力,某种震撼力,某种感情的烈度,看到这件事让人痛,让人恐怖,让人焦虑,让人愤怒,让人兴奋,让人开怀大笑,让人津津乐道等等。目前,张曼玉遇到的事件,都太过于稀松平常了,太没有悬念感了。

新编剧:说得好!

陈秋平:所谓悬念感,一定是深深吸引观众,让观众特别想知道下面怎么样怎么样的那种东西。这个事件的设计,到底应该怎么进行呢?

新编剧:在这个故事里,不管怎么设计,有一点是必须要明确的:资方要做这个电影的初衷——那就是,向观众兜售骑车旅行这种生活方式。

陈秋平:你说的这个是功能,就是宣传功能。资方的这个宣传功能必须要考虑。我在这里说的是另外一回事,是设计事件的思路和方法。我想,事件的设计要扣紧你的主题和你的主人公的动作来进行。在事件设计之前,你首先要弄清楚,张曼玉到底要去哪里?到底要去做什么?知道了这个,就设计一些事情去困扰她,阻碍她,影响她,折腾她。这是第二个问题。

第三个问题，其实是你的男一号的设计。男一号，从你目前的构思上来看，他是一个负面人物。他的戏剧作用，是用来对比张曼玉的。或者说，应该是张曼玉的人生最后一段路程中的表现，感动和改变了男一号梁朝伟。这个负面人物梁朝伟的出现，有两个重要特征，一是好色，二是拜金。好色表现为梁朝伟旅途中一路风流；拜金表现为急功近利要接近富翁，并套富翁投资自己的网站。这两个特征怎样最终得到批判和改变的呢？肯定是因为和张曼玉的相处才改变的。但目前并没有扣紧写，没有和张曼玉的价值观形成对比，更没有形成应有的冲突。那这样的人物设计就没有意义了，对张曼玉形象的塑造和命运的走向也没有戏剧意义，对你的主题思想的表达也没有推动作用了。

新编剧：陈老师看得很准很细致。

陈秋平：第四个问题，是感染力和冲击力的问题。也是缺乏小高潮和高潮的问题。你这个剧本目前看不到高潮！没有高潮的原因，主要是没有对比和反差。这个技巧——形成并加剧对比和反差——我把它叫作“压弹簧”。你要一个强烈的高潮，怎样去实现呢？那就是要压弹簧。你期望的高潮有多强烈，之前就要反向地施加多大的压力。你使的反向的压力越大，反弹回来的力量就越大，高潮就越强烈，越突出。比如你要观众觉得张曼玉的死很令人悲伤，那你在前面就要写她很幸福，很快乐，很美好，很阳光，无忧无虑，美丽健康。你要让梁朝伟在结尾处很后悔，很内疚，前面就要让他多走弯路，多作孽，多伤害好人的情感。你前面做的力度越大，后面的那个效果就越强烈。

第五个问题，是真实性和接地气的问题。这个故事，我觉得还是有比较明显的人为编造痕迹的。当然，我们几乎所有的故事都是编造的，但好的故事编造得像真的一样，甚至比真的还要真，还生动。怎样做到呢？大概注意几点：

1. 逻辑性。就是每个人的每个行为是自成体系，符合逻辑的，而不是编剧强加给人物的。他的性格，他的动机，他所处的环境和情景，只能让他做出某种事，而绝不可能做出另一种事。假如你写的人物要做的动作大多数都是必然要做的，而且只能那么做的，就给人以真实感。如果太多的事情都是小概率的，偶发的，是可能性很小的，这就会给人以虚假的感觉。哪怕你写的是一个真实的人或者真实的事，都会有虚假感。

2. 细节。尽量用一些鲜活的细节去表达人物和事件。充满真实而生动的细节，就会让人觉得故事接地气，真实。

3. 避免过多巧合。巧合在人的生活中是有的，但不能重复多次，尤其不能在同一件事上多次出现巧合。在你的故事里，张曼玉巧遇大学时的梦中情人梁朝伟，这个巧合不是不可以，但我觉得并不重要，并不是那么必要，没有多大的戏剧作用。她为什么不可以就遇到一个陌生人呢？或者就遇到了一个外貌酷似梦中情人的陌生人呢？在你的故事里，不仅在多年以后的旅途中巧遇故人，进而碰巧梁朝伟还记得在学校时有人提起过曾被人暗恋。这种安排就更生硬了。

新编剧：那么陈老师，你觉得在目前这个初稿上，能否改造好呢？还是必须另起炉灶？

陈秋平：没有不可以改好的道理。我认为，初稿都是臭狗屎！当然，要改好也不是那么容易。有一个建议，也是我还没有说到的一点。

新编剧：请说！

陈秋平：可以算是第六个问题吧，就是我们在构思一个剧本的时候，最重要的一个工作，你现在还没有做好，就是：寻找一个故事核！或者说，寻找一个故事模型。这个故事模型的寻找非常重要，如果没有找到它，很可能做了半天的工作都是白费的。怎样理解这个概念呢？这个故事核，就是可以用一两句话说清楚的一个故事框架。我们常常有个说法，叫作“一句话故事梗概”。这个只有数百字的梗概，代表着一种潜在的故事内核，甚至曾经有过成功的先例。我曾经说过一句话：故事核是可以抄的！就是说，可以学习和模仿别人成功的故事核。

新编剧：嗯。

陈秋平：那么，什么是好的或者合格的故事核呢？就是一句话能够说清楚，并且能够唤起观众充分的悬念和遐想的那种东西。举例说明，比如：一个农场主爱上了骗婚的女骗子，他舍家弃业，追随女骗子而去。比如：一个处女家庭教师爱上了单身富有而年老的男主人的故事。比如：一个亿万富翁爱上了被他雇来参加周末聚会的妓女的故事，等等。这里面有许多令人遐想的空间。我刚才举的这几个例子，都有成功的影片。第一个是《原罪》，第二个是《简·爱》，第三个是《风月俏佳人》。这样的故事核还可以被翻版来使用。假如我们会抄，加上了新的时代背景和不同的人物设计，借鉴这样的故事核，依然可以写出新的优秀作品。

新编剧：对的。陈老师，你看剧本的问题看得这么清楚！说得头头是道，你写剧本的时候，是不是就是一次性成功呢？

陈秋平：没有一次成功的。我只是说，有了一个好的故事核，就有了成功的前提。真正优秀的剧本，还得多次反复修改。所有的好剧本都是改出来的，而不是写出来的。只不过，经验多了，修改的幅度和次数相对少一点而已。

新编剧：我觉得我写这个剧本，还是亲身体验少了点。并且，又受原材料的限制（甲方的命题左右着我的思维）多了点。不过你提了这么多意见，我仿佛看到了修改的途径和信息。

陈秋平：那就加油吧！

什么是商业片？什么是艺术片？

陈秋平：凌晨好！

新编剧：陈老师出现了。陈老师好！

陈秋平：熊出没。

新编剧：陈老师，有个问题：如何在票房与艺术追求之间寻找到平衡呢？

陈秋平：票房好，就是大众喜欢。在大众喜欢的影片中，也可以尽量提高艺术水准，这个不矛盾。

新编剧：嗯，了解了。可是艺术可能很难定义，制片方面认为的艺术，和观众感知到的艺术质量，是否存在着不同？怎样和制片方进行沟通？

陈秋平：不是沟通问题，是影片的分类。

新编剧：我对商业片和非商业片一直有个疑问，到底什么是商业片？什么是非商业片？写的时候老有人告诉我：这个不是商业的，不能这样写哦。

陈秋平：艺术有自身的规律，我来说这个问题吧！我曾经在一些讲座里提到过对这个问题的看法，在这里再重谈一次。所谓商业片，就是被大众喜爱的影片，就是票房高的影片。所谓艺术片，往往不是那么多人喜欢，但有一定的固定观众群。换句话说，就是不那么商业的，也就是不那么大众的。有的人说，商业片为什么不可以艺术一些？或者说，艺术片难道就一定不卖座吗？商业片和艺术片真的是对立的吗？所以，我一般不喜欢用“商业片”和“艺术片”这两个概念，容易引起概念的混淆。我更倾向于用“大众艺术”（大众电影）和“小众艺术”（小众电影）。

这个在各个门类的艺术中都是有区别的。比如在绘画领域，毕加索的画（抽象派），就是比较小众的；而伦勃朗的画（古典写实派）是比较大众的。比如流行音乐，是大众的；而弦乐四重奏，也许就比较小众。在电影界，贾樟柯的影片，是比较小众的；冯小刚的电影，是大众的。那他们的区别是什么呢？

一般来说，大众的艺术是相对通俗易懂的。比如在电影领域里，以讲故事为主要表达方式的电影，就是通俗易懂的。所以好莱坞电影，属于大众电影，它们都很重视讲故事，大家都看得懂。而不太以讲故事为主要表达方式的电影，它们可能更重视视听语言的创新，或许甚至用荒诞的故事去表达某种节奏和情绪，甚至隐喻某种政治或思想，这样的影片一般比较艰涩，比较难懂，大多数人看不懂，也不感兴趣，尤其是教育水准比较低的观众不喜欢，或者根本看不懂。这种电影也许另一个人群可能很喜欢，比如知识分子，教育水准高一些的人群。所以也可以叫作知识分子电影。为什么他们会比较喜欢呢？因为他们的阅读量更大，看片量也大，对审美上，对艺术的期望值和接受度要更高一些，评价的标准更多元一些，宽容度更大一些。就像一个美食家，他吃过了全世界各种口味的美食，从民间小吃到贵族豪华宴会，他们的品尝力、鉴赏力都会越来越高，也会有更多和更高的体验诉求，他们的嘴更刁了。他们喜欢探索新的口味，喜欢对新的表达形势的探索与实验加以赞赏，甚至有更多特殊的偏爱。这样的“高雅艺术”也是需要的。人类在艺术领域，也需要不断探索，不断挑战，不断超越，总得有人去攀登艺术的“珠穆朗玛峰”，去最尖端的顶峰领略艺术的奇妙。这个探索是人类进步的表现，也是人类文明的一种积淀。甚至，对小众艺术的容忍和支持，也是对人类传统文明的一种保护。对一些已经非常小众的艺术——古代的艺术，民间的艺术，例如我们中国的京剧、昆曲等，我们需要对其进行必要的保护、抢救和发扬，对其进行学术的研究、评价、学习和借鉴，这些都是有必要的。但这些艺术一般很难被大众所喜欢，它们只可能被一小群人所喜欢，被知识分子喜欢，被艺术家喜欢，被一样有相同兴趣爱好的人喜欢。还有一些特殊的艺术，属于特殊的群体喜欢——比如同性恋题材电影，它的观影人群更少。这些电影在电影院的票房都不可能太高，这是一种必然。一般来说，强化影片的故事性，就属于大众电影，也是人们常说的商业片；弱化故事的，一般可以划分到小众电影里去，也是人们常说的文艺片。

那么，是不是大众电影就不艺术了呢？不是的。大众电影里面，我们既可以尽量加强故事性、情节性，也可以尽量追求高水平的艺术表达，这个是不矛盾的。大众电影，如果不仅可以吸引普罗大众，还能吸引高端人群——知识分子和社会精英分子，那这样的作品一定是艺术精品。这样在作品其实更难搞，更可贵。这就是我们常常说的：雅俗共赏，人见人爱。做不到雅俗共赏，仅仅是普罗大众喜欢，也不等于就没有艺术性。许多民间艺术，有很好的群众基础，同样也具有很高的艺术品位。所以，是不是大众艺术，或者是不是小众艺术，并不能说明艺术的品位的高低。

那么，电影在艺术上能不能分高下呢？当然能。只不过艺术上没有绝对标准的，而是相对标准，相对模糊的标准。艺术的本质就是如此，不用奇怪。

具体一点说，能让我们感到美，打动我们，让我们感动，让我们着迷，让我们的心灵得到净化和激励的，给我们的情感给予冲击，能感动我们，感染我们的，就是艺术品位高的作品。

新编剧：明白了，谢谢陈老师！还有一个问题，在我们日常写作中经常会听到“商业元素”这个词汇，你认为商业元素有哪些？您在写作时如何把商业元素和个人表达结合在一起？

陈秋平：商业元素，就是大众元素。具体说，就是大众都喜欢的那些事物。这个很难去定义和界定，但可以举一些例子。一般说，就是人类共同喜爱或感兴趣的那些元素。或者尽可能大的人群都喜欢或感兴趣的那些元素。比如：亲情，孝道，流行文化，社会共同关注，寻根，对孩子的喜爱，对小动物的喜爱，网络流行语，怀旧，思乡等等，很多很多，没法穷尽。这些东西，几乎符合人类的共同喜好，所谓的普世价值，所谓的人性，都是说的这些。

新编剧：其实陈老师理解的商业和老板的商业还有点区别。陈老师说得更宽泛，而他们局限性更大。

陈秋平：是一样的，表述不一样而已。比如老板们经常说的：狗血一点！老板认为这个“狗血”就很商业，我也认可。但我认为“狗血”这个表述不准确，容易引起误解。所以我的表述是：极致性。或者叫极端性，激烈性，强烈性。给你的人物设置极致性的性格，把人物放到极致的环境中去，经历极致性的事件。我不认为“狗血”这个词是个褒义词。狗血，其实是贬义的。狗血，其实就是内核的戏剧性不具备，却在外在形式上表现得激烈化，极致化。比如，本来没什么大事，剧中人物却相互大打出手，你扇我一个耳光，我还你一个耳光。这样的戏看上去很难受，很浅薄，很假。这样的假极致性我们是不赞同的。但如果这件事的内核有足够的张力，也就是有足够的严重性，尤其在特殊的极致性格和极致环境中这件事有足够严重性，那就不能叫“狗血”。这就是我们所要追求的强烈的艺术效果。这样的强设置，也是有大众基础和艺术水准的。这也许就是老板们所说的商业性。

新编剧：明白。您说的假也就是真实性有问题。

陈秋平：是的。

新编剧：那么您对电影真实性的问题怎么理解的？这算是最后一个问题吧。

陈秋平：真实性问题是一个老问题，我也讲过很多次，再讲一次。我们以前用了两个概念：艺术真实和生活真实。我们还常听人说：艺术真实才是我们所需要的，生活真实是我们不需要的。或者我们还听说过：艺术是源于生活，高于生活的。这些提法我觉得都很笼统，也很容易造成误解和误读，不准确，不科学，对我们的写作没有多少指导作用。

对于真实性，我的理解是这样的：在艺术作品中，我们其实需要的不是“真实”，而是“可信”！

为什么呢？因为“真实”这个词很模糊，不准确，总也扯不清，不好理解。我们经常碰到这样的情况，我们见到的，我们听到的，未必是真实的，因为有错觉。有的时候，生活中明明发生了一件事，我们直接搬进作品中后，却被人指出很假，不真实。反过来，你想让人感觉很真实，你并不需要模拟现实。有些片子，明明是假的——比如神话剧、童话剧、科幻片——我们却感觉很真实。《阿凡达》我们都相信了，《哈利波特》我们也被感动了，明明它们知道是假的。世界上不存在“阿凡达”这种生物，也不存在“潘多拉”这个星球；哈利波特的魔法学校和城市，你在世界上找不到，但我们都认为似乎不假，我们相信它们的存在。

所以，在文学艺术和影视作品中，我们尽量不用“真实”这个概念，而用“可信”或“不可信”这个概念。

那什么是“可信”的呢？这个问题比较难回答，我的说法可以参考（不一定是权威的）。我们知道，观众在判断一部影视作品“可信”“不可信”的时候，是依据以下几点决定的：

1. 是否符合逻辑？

2. 是否符合大多数人的人生体验？

如果这些回答都是否定的，就是不可信的；如果答案是肯定的，就是可信的。

什么是符合逻辑？逻辑讲究的是因果关联，就是你给出的前提和结论之间是否存在因果的关系——某个因一定能导致某个果；某个因绝对不能导致某个果；某个因有可能导致某个果（也有可能不导致）。

“因”可以是假定的——在“可信”方面，前提可以是虚拟的，但前提和结论之间是有逻辑联系的。比如：生活中没有神仙，我假定有神仙，然后这个神仙能做什么，不能做什么，这个规律和规矩一直从头到尾延续这。我假定有一个星球叫潘多拉，上面有一种特殊的人种，叫阿凡达。所以，前提可以是假的，但是推理必须是成立的，必须是一致的——整个作品中都符合前后一致的法则和因果规律，这样写的戏，就是可信的。这也是我们常常说的“艺术的真实”。

我的观点表达完毕了，不知道理解了没有？

新编剧：好的，明白了。谢谢陈老师！

戏剧张力从何来？

新编剧：如果陈老师时间允许，我还想请教一个问题。呵呵！

陈秋平：说吧，老麦。

新编剧：谢谢陈老师！写家庭剧，写日常生活中的琐碎事，如何发掘亮点呢？这样的故事一般没有太曲折的情节，怎样写都觉得不好，不够有张力。

陈秋平：首先要反问你一个问题，你这里所谓的“亮点”怎样解释？

新编剧：“亮点”的解释，就是怎么才让戏更有意思呢？有意思有意义。

陈秋平：其实，原则上说，写什么故事，都是可以写得很精彩的，也都是可以写得有意思和有意义的。这里面会涉及一个词，叫作“戏剧张力”。记得在一次编剧沙龙上，台湾著名编剧陈文贵老师曾经说过一段话，至今让我记忆犹新。他是专门写古装戏的，他说，古装戏比现代戏好写，为什么呢？在古装戏里，当剧情弱下来的时候，有一个很好的办法，就是杀人。杀死一个人物，剧情马上就紧张起来了。现代戏，特别是生活剧，不好这么写。现代社会是一个法制社会，不能随便杀人。杀人要给理由，往往逃避不了一系列的设计必须合理的要求，还有相关的法律问题。所以他说古装戏好写现代戏不好写。这句话是有一定道理的。

新编剧：太有道理了！

陈秋平：为什么那么多人喜欢写抗战剧，那么多人喜欢看抗战剧？因为有生死，生与死，是极具戏剧张力的！这个例子也可以用来解释，为什么在许多的现代戏里，动不动就会写车祸，写自杀，写绝症？好多编剧看自己的戏慢慢拖沓下来了，戏弱化了，一着急，就弄死一个人。当然不能直接杀死，所以就让人家自杀，或者让人家得绝症而死。

新编剧：哈哈！

陈秋平：还有一个统计数字，我看到一本美国的编剧理论书，叫《我的故事比你的故事好》，里面做过一个统计，说76%的好莱坞电影直接或间接地涉及死亡。这都说明了同一个道理，死亡是永恒的戏剧元素！曾经有人将这个总结了三大永恒的戏剧元素：战争、死亡和爱情。（以前的说法叫“三大永恒主题”，不准确，不是主题，是题材。）其实战争也是死亡，除了死亡，当然还有伤残，还有血腥杀戮。而爱情是什么呢？爱情是一个美丽的说法，去掉浪漫和文艺的“伪装”，爱情的内核就是另一个人类共有的本质——性！可以认为，经过了几千年文明演变的性，就是今天我们现代人推崇的“爱情”。为什么我们写现代戏，总觉得张力不够呢？也许跟我们在这三个方面都有所顾忌相关，因此，现代题材（尤其是家庭生活题材）的剧就显得比较软，比较弱。许多写生活剧的编剧写着写着，一看没戏就急了，一冲动就下猛药，滥用这三个元素，没有顾忌这些元素在剧情中的合理性，导致出现了洒狗血的效果！

新编剧：嗯。

陈秋平：从上面的分析可以反推出一个结论：如果能够在我们的作品中恰当地使用元素，就能加强剧本的戏剧性，增强戏剧的张力。

新编剧：哦。

陈秋平：当然，我们还可以设问：除了这三个元素，对故事戏剧张力弱的问题就束手无策了吗？我们还有没有别的什么元素，可以用来增强剧本的戏剧张力？答案是确定的！那是些什么呢？观察一下我们身边的生活吧！日常生活中有更多的情况下并没有涉及这三个元素，而依然会令我们愤怒、激动、狂喜、悲催、沮丧、抗争……，我们会因为某事面红耳赤，大打出手，翻脸，绝交……。大部分情况下，我们所遇到的并不是事事牵连死亡、暴力和性。

第一个关键词，叫“大是大非”。在我们的生活中，一定有一些事，注定了我们不能袖手旁观。对于“大是大非”，不同的人心目中的尺度也不同，这个跟性格也有关，跟阶层有关，跟教育程度有关，跟眼界有关，尤其跟是非观和价值观有关。不一样的人，对“大是大非”有不同的理解。但凡你塑造了某个性格，只要他遇到了对他而言是大是大非的事情，就会有冲突，就会有戏剧性，就会有张力。

第二个关键词，叫作“人性”。其实，暴力、死亡和性，就关乎人性。我把人性放在极端的场景和时空中，放在极端的事件中，人物之间一定会产生冲突，一定会是大是大非问题，故事就一定会有张力。

第三个关键词，叫作“底线”。每一个人都有底线，道德的底线，容忍度的底线，情感的底线，情绪的底线等等。如果你的剧本中设计了一些事件，这些事件触碰到了某个人物的底线，就会有张力，就会有戏剧性。在具体的写作过程中，当你的故事停滞下来，剧本节奏慢下来了，剧情平淡了，你就研究一下你笔下的人物，看看他或她的底线在哪里。那一定是对于他们来说，任何人都不能触碰的，那是神圣不可侵犯的。如果你找到了，你就有办法了。于是，你是明知山有虎偏向虎山行，老虎屁股我偏要摸，你故意去触碰甚至突破他或她的底线！

这里只说了三个关键词，其实可以肯定，远远不止这些，大家还可以研究，还可以补充，我想说的就是一种方法，一种思路，找到了这些，还怕你的剧本没有戏？还怕你的故事没有张力？

为了阐述清楚这三个概念，我们还可以试着举一些例子，看看是不是可以增强你的剧本的戏剧性，增大你的故事的张力。比如：老郭刚才说的道德。道德就是谁对谁错。比如法律，尊严，善恶，忠诚与背叛，坚守与放弃，梦想与奋斗，财富与荣耀，尊贵与卑微，真与假，牺牲与奉献，狭隘与宽容，傲慢与偏见，美丽与丑恶，纯洁与肮脏，智慧与愚蠢，软弱与坚强，黑暗与光明，恐惧与勇敢，简单与复杂，刚毅与脆弱……

新编剧：高与低，穷与富。

陈秋平：甚至，还有一些生物学上的，或者心理学上的表现，都是可以作为戏剧元素的。生物学上的，比如感官的刺激。人有五个感知体系，跟嗅觉、视觉、听觉、味觉和触觉相关的，都有可能成为戏剧的元素。再有就是心理学范畴的，比如跟自卑、变态、嫉妒、恐惧等相联系的心理元素。

新编剧：今晚收获颇丰啊！

陈秋平：这些都可以增加故事的戏剧性。

新编剧：是的。

陈秋平：你想想这些，是不是人人都能懂的？是不是人人都能感同身受的？把这些元素恰当地利用到我们的剧本中去，还怕故事没有张力吗？上面我所说的这些，都属于理性分析。更多的编剧没有我这么理性，甚至也没必要这么理性，但他们有很好的感性体验，他们会在写剧本的时候，迅速搜索脑海的信息库，找出那些曾经令他们感兴趣、着迷、感动、牵挂、愤怒、沮丧、饥渴、眷恋的人和事，然后把那些感性素材迅速移植到剧本中的人物身上去，这个叫作感性写作法。对于写作，更多地需要感性，需要感悟，需要感觉。

好了，现在，我们既有了感性的方法，又有了理性的概括，还愁你的剧本没有戏剧性吗？无论你写的是古装戏还是时装戏，无论是历史题材还是现实题材，无论是家庭剧还是军旅剧，只要把这些东西都用上，都用好，你的故事就一定有张力了，你的剧本就一定会精彩。

今天我说的这些也许没有直接回答你的提问，但对于解决你的困惑，可能会有一些帮助。

新编剧：已经解决了，而且解决得很好。谢谢陈老师！

编剧可以永生

新编剧：陈老师上午好！之前发给您的剧本大纲不知看了没有？还望您多多提意见。

陈秋平：提醒一下，你的大纲是什么题目？

新编剧：《幸福炼爱记》。是写“70、80、90 后”在爱情的道路上遇到的酸甜苦辣为主题的。之前给几个制片人看过，他们都说故事的话题性不强，但我又不知如何修改。

陈秋平：请再发一个在线文件，我这边邮箱打不开，网络不给力。

新编剧：好，稍等。写得可能有点啰嗦，我大概跟您说说。女一号是“80 后”，事业心很强，和男友大学毕业后一起北漂，本想着等有房有车安稳后再结婚，却被男友的父母强逼结婚引起矛盾，导致两人分手。后经历种种事件之后又和男友复合。女二号“90 后”，一心想找个富二代，却被骗怀孕，被迫结婚。本想离婚，但经过闺蜜劝说决定“报复”老公，后来经过酸甜苦辣走向幸福之路。女三号是“70 后”，是一个公司的 CEO，性格严厉苛刻，因之被前男友抛弃，决定不婚。后遇上一个平凡大气的普通男人，对爱情产生了新的认识，最终结婚。我的故事主要围绕恐婚族、隐婚族、不婚族这三个典型人群来写，构思的重点是想写三个不同年代的生长的女性对爱情、婚姻、事业的不同态度，表达的是“幸福一直在我们身边，只要愿意去争取，任何人都可以得到”这样一个朴素的主题。也是想通过这个故事传递正能量，类型属于都市轻喜剧风格。这个大纲投出去，没想到制片人都觉得不好，他们觉得故事没特点。

陈秋平：看了。你想提的问题是什么？

新编剧：我的问题是，制片人觉得没特点，请问我该怎么修改？大纲的问题究竟在哪里？

陈秋平：我认为，制片人的判断是对的。

新编剧：哦。难道是主题不够明确吗？

陈秋平：不是。简单说，你的故事比较一般。不是主题的问题，问题出在人物设计和故事本身。还有一些，属于合理性缺乏的问题。

新编剧：哦，但里面写的真的是一些朋友的亲身经历，故事应该算是合理的，可能是没表达好吧。

陈秋平：我们的写作来自现实，人物在生活中也许有原型，但即便这样，也常常会出现不合理的问题。

新编剧：哦，那您觉得哪里不合理呢？

陈秋平：比如，王文博的母亲逼儿子和马晓佳分手的理由，你给出的理由是马晓佳不愿意结婚。一个母亲逼儿子结婚，如果儿子的女朋友不想结婚，于是母亲怂恿儿子和女友分手——到此为止是合理的，但王文博毕竟是一个年轻人，是一个成年人，他就那么轻易地和女朋友分手吗？他会甘心吗？这个需要理由，如果没有充分的理由，就会让人觉得不合理。更何况，从故事来看，不愿意结婚的人不是马晓佳，而是王文博本人。如果王文博真的这么容易因母亲的“逼迫”而屈服，那这样的男人还值得马晓佳怀念，并在日后“复合”吗？换句话说，他俩的再次复合又不合理了。再比如，刘伟为什么要用虚假的豪华去骗秦丽莎结婚呢？这种弥天大谎转瞬间就会被戳穿。具体讲，如果刘伟想冒充土豪（毕竟这种冒充只能是短暂的）而骗秦丽莎上床是合理的，而骗她结婚就没有那么容易了。而且，刘伟这样做的理由也不充分，因为在你的故事里，刘伟是一个花花公子。之所以被人公认为花花公子，那一定是多偶的，一定不愿意那么早就结婚，就走入一夫一妻制的家庭生活。刘伟真的有必要假装土豪骗婚吗？如果他真的这样做了，他的目的是什么呢？仅仅是骗一个新婚之夜吗？假土豪在婚礼之后一定会被戳穿的，最终他在众朋友面前怎样交代？在自己父母面前怎样交代？这是一个聪明的正常的男人会做的事情吗？所以我感觉不合理。

新编剧：当时我想得可能简单了一些。在我看来，马晓佳只是念旧，毕竟多年了，后来觉得还是希望复合。刘伟是个屌丝型，他太爱面子，经常在外人面前装的人模狗样的。本来他想要骗着玩玩，没想到女方怀孕了，又骗着女方去打胎。但女方90后觉得要让对方来承担他带来的后果，和他死磕。

陈秋平：结婚是骗着玩玩的事情吗？你是一个女孩子，你太不了解男人了。男人最怕的就是结婚，因为结婚一点都不好玩。好玩的就是不结婚，总谈恋爱，总换女朋友，这才好玩。

新编剧：他本来不想结婚的，但受到“90后”的逼迫。“90后”个性是我行我素，不顾后果的啊。

陈秋平：假如我就是刘伟，我面对一个特别想结婚的“90后”，我会怎样做？肯定是分手！

新编剧：那如果分不掉呢？女孩属于死缠烂打这类的呢？

陈秋平：有分不掉的恋爱关系吗？尤其是对于一个资深的花

花公子来说，甩掉一个女孩，不就是家常便饭吗？即便分不掉，也不会采取假装豪华。假装豪华的动机，一定是想获得一个更大的好处才会去做。假装之后是无法收场的。这些问题你如果想不通的话，说明你的社会阅历还太浅了。你要提高的不仅仅是写作，还有生活经验和生活智慧。

新编剧：哦，可能吧，我才 24 岁。但我真的想写好一个剧，一个故事。

陈秋平：那就继续加油吧！有一个方法可以解决你现在的问题。

新编剧：什么？

陈秋平：就是用“神奇的假如”！

新编剧：神奇的假如？什么意思？

陈秋平：当你写作的时候，就做如下的假设：假如我是他/她，我会怎么做？假如我是他/她，我会那样做吗？刚才我评估你的故事的时候，就是这样做假设的。我试想这我就是主人公——假如我是刘伟，我绝对不会搞一个盛大豪华的婚礼，还营造一个假的富人之家来骗一个我本来就不想结婚的对象。假如我是秦丽莎，我也绝对不会用保留肚子里的孩子来报复一个三无男人——无房无车无德。那样的“报复”，最后受到伤害的不是对方，而是我自己。

新编剧：这样想想，好像真是这样哦。之前都没想过这些。

陈秋平：假如你是秦丽莎，你会这样做吗？留下一个三无男人的孩子，生下来，去报复他？

新编剧：嗯，是不会。

陈秋平：这个都不能说服你自己，你怎么去说服制片人和未来的观众呢？

新编剧：嗯，还真是。那您觉得这个故事还有修改的必要吗？如果要修改，可能人物设置都得大调整了。

陈秋平：不是有没有修改的必要的问题，而是还没有找到写下去的理由。一个故事有没有写下去的理由，是你有没有找到它的价值。这个故事的价值还没有找到。

新编剧：价值？是主题吗？

陈秋平：价值包括主题，比主题更丰富，主题是简单的东西。一个主题可以演绎出100个故事，1000个故事。主题不难找，一个好故事很难找。

新编剧：前几天和朋友聊天，曾经有一个方案，想把这个换成《我的老婆是极品》。把女二号“90后”秦丽莎换成女一，讲一个“90后”准妈妈的奇葩故事，这样您觉得能行吗？目前市场上以“90后”妈妈为主角的戏很少。

陈秋平：目前市场上有没有，不是判断故事价值的重要依据。市场上没有，或者鲜见，只是题材的新颖度。题材的新颖度是决定你写它的理由之一，但还不是最重要的理由。目前抗战戏很多，就不能写抗战戏了吗？照样有很多人继续写抗战剧，很多公司继续拍抗战戏。目前写年轻人到边远地区支教的少，就一定有价值写吗？你写一个支教或做义工的故事，可能还真没有制片公司感兴趣。写婆妈剧的那么多，并不意味着没有人继续写。

新编剧：您说的价值，是指话题性吗？

陈秋平：我说的价值，不是主题，不是题材，也不是话题性，而是故事。就是你能不能讲出一个精彩的故事？话题性是无所谓的，有话题性更好，没有也没关系。话题性也分两种：一种是社会上已经有了一个热议的话题，你的故事涉及了这个话题，符合“有话题性”的要求；另一种是你写了一个故事，涉及到许多社会关注的问题，虽然这些问题还没有人提出，但却长期困扰着大众。你的故事一出来，立即触动了所有人的神经，刺激到了他们的痛点，于是你创造了一个新的社会热点话题。所以，话题性是一个表象，真正关键的，是你对周边生活的思考，对现实世界有没有你独到的眼光和观点。

新编剧：您这样说，我真不知道怎样写故事了。买了本《故事》，感觉好深奥，看不太明白。

陈秋平：你听过我的讲座吗？看过我的博客吗？

新编剧：嗯，听呢。天天看你微博，也看过博客。

陈秋平：我的观点里，关于故事，到底是什么，你还记得吗？

新编剧：人物吧？

陈秋平：不仅仅是这样。准确点表述：鲜明而极致的人物性格，纠结恩怨未知结果的人物关系，充满悬念的事件设计，总是让你想不到的突发因素层出不穷，等等。再说简单一点说吧，咱们自己也是普通观众，也可以反过来检验我们自己要写的故事。我会喜欢这个人物吗？我会特别特别想看这个人的故事吗？如果答案是“yes”，这个故事的价值就找到了；如果是“no”，就得继续找。

新编剧：老师您讲得很有道理，但我还是不清楚怎样找价值？是设计故事之前就要找这个价值吗？

陈秋平：找价值的过程，就是构思的过程，就是策划的过程。是一边写一边找，一边找一边写。反复地找，周而复始。最先找到的，就是两样：人物的动作和人物关系。比如我告诉你：有个有钱人和他女朋友分手了，但周末必须参加一个晚宴，他雇了一个妓女充当女朋友，结果一不小心爱上了她。这寥寥数语，已经有了这个价值。

新编剧：这个片子好熟悉。

陈秋平：美国影片《风月俏佳人》。

新编剧：哦。

陈秋平：比如，有个律师爱上了一个女当事人，这女孩儿是一个时装模特，她思念着前男友无法释怀，一直拒绝律师的追求。等俩人差一点就相爱的时候，前男友出现了。女孩儿想和前男友私奔，前男友却被警察以杀人嫌疑犯抓走。律师决定为女孩儿拯救前男友。可是律师知道，救出了前男友，自己的爱情就没戏了；救不出前男友，女孩会认为他没尽心，爱情也没戏了。短短几百个字，这个故事的价值也出现了。

新编剧：嗯，故事设计得挺好的。

陈秋平：这样的设计看似简单，但得之不易。所以，我们说，每一次写作，都是一次淘金的过程——从沙子里找出那零星的金子。慢慢筛选，慢慢提炼，慢慢找。

新编剧：嗯，还真不容易。我这几天再多看看您的博客。有时候可能身边有些类似的故事，可能还缺少用另一个角度去发现的心。

陈秋平：身边的故事永远都是有限的，如果想写作，就得学会编故事。绝大多数优秀的文学作品和影视作品，都是编出来的。

新编剧：哦，但编得那么真实，和编剧的人生阅历也有关吧？

陈秋平：在编那个故事之前，编剧甚至不知道主人公是谁，也不知道他要做什么。要把这样的故事编好，编剧本人的人生阅历固然重要，但人生阅历再多再丰富也是有限的。

新编剧：编剧会不会有时候把自己的影子放在剧中？

陈秋平：除了人生阅历之外，我们还需要想象力和逻辑力。你设计了一个人，给他一个任务，然后想象你就是他，开始去完成这个任务。遇到每一个难关，你都用你自己的智慧去解决它。这个时候你发现，你生活在别人的躯体里，成了那个人，你在指挥他做事。同时，你也发觉那个人有时候不是你，因为他有他行为的逻辑，他在带着你往前走，你不过是一个旁观者。到了这个时候，你的状态会“有如神助”，仿佛这个人和这个故事是一个无形中的神在指挥。这个故事就这样一点一点地发展下去，直到最后的结果出现。

新编剧：原来是这样啊？

陈秋平：你要和你的人物一起呼吸，一起欢乐，一起痛苦。你要钻到他身体里去，或者让他钻到你的身体里来，合二为一。想象力和逻辑力，这个时候都会起到神奇的作用。比如你是一个准妈妈，你怎样体验一个即将降生的小生命在你肚子里躁动不安的感觉？或者你是一个情窦初开的少女，怎样怀着惴惴不安的心情去赴第一次约会？你将会作怎样的反应？你到时候会怎样说话？怎样举手投足？比如，你最亲爱的儿子犯了一个罪，一个死罪，你含辛茹苦把他养到了24岁，他是你唯一的寄托和希望，几乎是你的全部！你会怎样做？他在你面前跪下，他不知所措，你第一反应是让他去自首，还是想办法搞定这件事？甚至，必要的时候，替他去死？你是一个母亲，你该怎样做？这就是写作！

新编剧：哦，原来戏是这样写出来的！之前还真没想过，以前都是假想。

陈秋平：写作是痛苦的，也是快乐的。我的朋友老魏说了一句话：写作是幸福的。一般的人只能活一辈子，而作家和编剧，可以活 10 辈子，20 辈子，30 辈子……编剧可以永生！

新编剧：我觉得编剧可以随便编造任何人的生活还是很有趣的。谢谢老师提这么多意见和教我的方法，打扰您了！

剧本的节奏、故事核及其他

新编剧：陈老师，请教一个问题，初学者写古装剧情片是不是不合适，如果写出来了，会不会好卖？

陈老师：新手一上来就写古装戏，不是不可以，但我们必须首先明白，古装戏肯定比现代戏难写，其次古装戏拍摄的公司比较少，第三古装戏在电视台的播出是受到限制的，所占的比例比较小，一般一个卫视频道一年只能播出两部古装戏。所以无论新手还是老手，写古装戏相对而言比较难。写出来之后也难卖。电影的情况是，无论你是古装戏还是时装，剧本都难卖。

新编剧：说到古装戏有个问题一直不明白，就是为什么明明是晚上，可电视剧里面看得那么清楚呢？

陈老师：你说的这个跟写剧本无关，不过可以告诉你，许多夜戏是白天拍摄的。拍摄上这种手法叫“夜戏日拍”。如果处理得好，白天拍出来也像夜晚，没有什么影响。相反，会比真正在夜晚拍摄的更真实（因为灯光模拟夜晚更难）。当然，如果拍摄中处理得不好，就穿帮了。你说的情况就属于穿帮，没拍好。白天拍夜戏，一般用顶光或逆光，而且压住天空不拍，靠强烈的反差，压低曝光，或者后期处理，或者加滤色镜等。方法很多。

新编剧：陈老师给我们谈谈戏核吧，大家对这个概念还是不很清晰，总觉得掌握不好，操作很难。

陈老师：“戏核”这个词常被人用到，但这真的是一个模糊的概念。戏核，一般指的是每一部戏，或者每一场戏里最具戏剧性的那个内核，或者是那个最具有戏剧性的段落和部分。

有的时候，也指这段戏或这部戏的故事核。就是可以用简单的几句话概括出来的那个内容。

比如说，你看了一部电影，走出电影院遇到一个朋友，他问你去哪儿了，你说去看电影了。他问看什么电影？讲的是什么？于是你用非常简短的语言概括了这个故事，这个就是戏核（也叫“故事核”）。如果你不是讲一部电影，而是讲解一段戏，就是戏中的一个段落，一个单元，一场戏，这是你简单明确地说出来的那个东西，就更接近我们常说的“戏核”的概念。如果某人听了你讲的那几句话，他说，哈，这个有意思！我要去看看这部电影。这就说明这部电影的戏核很好，故事核很有吸引力。如果你说的他觉得没意思，也许就是这个故事核不好。比方说《壮士出川》的故事核，就是一群身处大后方四川，被人称为只能打内战的“双枪（步枪+烟枪）兵”的川军将士出川抗战，战死沙场的故事。再比如《风月俏佳人》的故事核，就是一个亿万富翁因为女朋友分手，不得已雇用了一个妓女冒充女友参加一个重要的周末聚会，结果坠入爱河的故事。有些故事核，你一听，就想看这个故事。有的故事核你听了一点感觉都没有，不以为然。这就是故事核的重要性。在一个段落或一场戏里所说的“戏核”，其实是最有意思的那个部分，最具戏剧性的（最有戏）部分。一般而言，无论是编剧写剧本的时候，还是导演和演员在拍摄现场，都必须意识到，这个这个段落的核心，就是那个部分，其他部分都是为了那个部分的出现而做的铺垫、烘托、营造、误导、打压，所以，那个部分成了艺术创作的中心，要围绕它而写，而导，而演，要咬住它，扣紧它，直到最后把那个部分亮出来。这个过程就类似于讲相声的“抖包袱”。

新编剧：哦，懂了。陈老师，还想知道，故事的结构和故事核的关系？

陈老师：结构，是指的故事的轮廓，或者说是故事的钢筋，亦或者说，是故事的大框架。

这个大框架当然和故事核有关。一个故事核，可能构成的是故事的总悬念，就是可以贯穿始终的悬念，是从一开始就勾住观众，让他们形成期待和猜想，一直带动他们奔向想要知道和期待的结果。这个故事核，也可以理解为整个故事的龙骨。但一部戏的结构，仅仅依靠故事核还是不够的。接下去，更多的结构可能还有两个方面，一个是主要人物在这部戏里想做什么，第二个是一号人物和其他主要人物所构成的一个因果联系（我们通常把这个称为人物关系），以及发展的方向。把一个故事里的主要人物想做什么，以及他和其他人物的因果关联讲清楚，结构就出来了。有些编剧喜欢画“人物关系图”，就是对人物关系做一个图解，讲清楚人物之间有什么联系。在我个人看来，其实人物关系图没有多大意义，最多只能画出人物之间的浅层关系，就是谁和谁是兄弟，谁和谁是恋人，谁和谁是上下级，谁和谁是情敌等等。而深层的关系却无法表达出来。那种深层的关系，是人物和人物之间因果关联，是恩怨情仇，这个很难用图表达清楚。这样的人物关系才是戏剧上锁需要的，是可以通过语言说清楚的，不用画图。

新编剧：陈老师，问一下，在剧本里，如果遇到两个人同时说话（而不是先后），但说的内容不同，如何处理？

陈老师：第二个人的台词前加一个“（同时）”就可以了。

新编剧：我困扰半年多的戏核，今晚陈老师几句话就让我明白了，但是剧本节奏，我还不是很理解。

陈老师：“节奏”这个词是从音乐里借用过来的。节奏跟时间有密切的关系，一般是以时间为轴线所呈现的一个线性发展过程。在音乐里，节奏是有规律的快慢和节律变化的总称。在剧作中，节奏就是剧本或剧的进展过程在观众的心理上所引起的快慢、张弛、强弱、轻重等变化的感觉。所以我们会说，这个片子节奏好快。或者说，这个电视剧节奏太慢了。还说，这个节奏紧张而紧凑等等。一般来说，剧本的节奏分为外部的节奏和内部的节奏。

所谓“外部的节奏”很好理解，往往体现为场景变化或镜头变化的频次。比如 90 分钟的两部电影，一部有 60 场戏，而另一部有 120 场戏，那肯定是前者节奏慢，后者节奏快。同样长度的一场戏里，一个用了 10 个镜头，另一个却切换了 50 个镜头，这也是前者节奏慢，后者节奏快。这个就是外部的节奏，是通过形式来影响的节奏。

所谓“内部的节奏”，是指一部戏，或一个段落，或一个镜头内部的运动给人的快慢、张弛感。这个节奏主要是由故事情节的拐点布局而构成的。拐点，就是转折。如果转折和拐点的密度大，这个剧本的节奏就显得快；反之，就显得慢。比如一个人开车从天通苑到房山，目的是为了相亲。路上花了 10 分钟。假如这 10 分钟就只是车里两个男人聊天，聊了 10 分钟，没有什么变化，这样的故事就给人慢的感觉。如果三分钟出了事：没油了！刚加完油，一出加油站，紧接着车胎爆了！费了好大的劲还没把备胎换好，后面来一辆失控的车，把这车给撞飞了……这就叫拐点密度大，节奏就快起来了。内部节奏还可以由其他的运动来影响，比如对话长就显节奏慢，对话短并且交换频率高就显快；比如语速，比如人物的其他动作（奔跑等），都会直接影响节奏感。此外，节奏其实也是对比出来的，总是快节奏，也就不觉得快了。快之后，得慢一慢。慢之后，再快起来。就如同你想在一张白纸上画最刺眼的太阳，你到底用什么颜色呢？是用白色？黄色？其实，要用的是深色，深灰色、深蓝色，甚至黑色。艺术的真谛，就在于恰当地运用对比与反差。

新编剧：陈老师，没有对白的场景，如何更好地让观众知道编剧所要表达的意思？

陈老师：没有对白的场景，被称为“静场”。它来源于人在生活中常常会遇到的沉默，或者有些场合出现的安静和无声的情况。沉默，不等于没有表达。就看因为什么而沉默，就看沉默的目的是什么。只要你写出了人物的内心动力，沉默就变成了“此时无声胜有声”！没有对白，有时是人物对白的间隙，或停顿。人物对白的趣味，常常来源于人类的“口是心非”。许多时候，我们会言不由衷，会有难言之隐，会指桑骂槐、欲言又止、心口不一、阳奉阴违……这些时候的沉默，或者说一半吞掉一半，这样的对白是有趣味的，有意思的。适当写出这样的“沉默”，观众不难理解编剧的意思。有的时候，观众并不需要明白这种“无声”到底蕴含着什么意思，因为生活就是这样，并不是一眼就看穿的，也不是什么都说得明明白白的。说不明白，正好形成了悬念，形成了猜疑，这恰恰是剧情和故事所需要的效果。

新编剧：陈老师，一个好的故事除了需要故事情节，还需要注意什么？

陈老师：其实这个问题我们反过来想就理解了，你自己都可以回答。我们换一个位置，你不当编剧，当一回观众。首先你想看一个好故事，但看着看着，你也会对故事情节以外的东西感兴趣。比如看一个破案的故事，我们当然首先关心的是案情的发展，破案的进程，但我们看着看着，也会关心破案工作以外的警察生活，看他们怎样吃饭，怎样聊天，怎样谈恋爱。当我们看一个科学家做重大发明的故事，会对他研究的昆虫发生兴趣；看了一个乐观的创业者的故事，我们会开始思考和反省自己的悲观的人生观；看一个校园故事，顿时对青少年青春期性心理教育有一分关注……这些统称为“信息量”。就是说，除了故事之外，我们需要在我们的剧本中加大社会生活的信息量。除了信息量，也许我们还会对另外一些内容感兴趣。比如我们会喜欢这个故事发生地的地方风情、民族风貌、文化艺术，我们还会喜欢那里的音乐，我们会被故事里的台词所打动，我们会喜欢里面的幽默感，还有画面的优美，光线的处理，构图的冲击力，主角的颜值，抒情的调子，情绪的感染，思想的启迪，情操的陶冶等等，这些东西都有可能跟情节无关，但依然可以让我们感兴趣。这些是什么呢？艺术！因为电影和电视剧是综合艺术，是各种门类的艺术的立体呈现，是人文科学的融合和贯通。所以，要做一个好编剧，必须提高我们的综合素质。

新编剧：陈老师，还有个问题，编剧在写作的时候要不要把一些情景用括号注明“特写”“远景”“近景”？

陈老师：这个在电影里叫作“景别”，其实就是未来电影画面的构图。这个一般是电影导演的活儿。除了“景别”，涉及导演工作的，还有“镜头的运动”和“被摄体的运动”，镜头的运动有推、拉、摇、移等，被摄体的运动涉及镜头内部的调度。通常情况下，这些属于导演在写“分镜头剧本”时才出现。我们也看到有些编剧写剧本时用到。你想用也可以用，不过用了也只能算是编剧的提示，未来的导演是不是这样去拍，编剧完全没有把握。我一般不写（除非必须提示否则就会漏掉重要信息或误导观众），主要是想让导演和未来才拍摄团队有更大的二度创作空间。

新编剧：陈老师，我在以物象表达人物方面相当欠缺，这个怎么才能对人物进行深层次刻画呀？

陈老师：从观众的角度思考一下吧，如果观众并不需要以物象来表达，那就不用去操心。

新编剧：如果一个场景都是在一个地方，比如酒局，用了四场戏，但是对白内容不同，会不会拖慢节奏？

陈老师：节奏是一种感觉，是一种很主观的东西。你想知道某个剧本或某一场戏是否有节奏问题，可以采取一个办法——你写完剧本之后自己读一遍，不是用普通的阅读速度，而是加上你自己想象的成片的速度，包含了剧本里没有写，但你却可以想象得出来的人物动作和停顿等，这样，就能比较直观地检验剧本节奏是否拖慢的问题，这样做一般都能知道。

新编剧：谢谢老师！

影视剧本异同及个性台词写作

新编剧：陈老师，请您讲一下电影剧本和电视剧剧本在写作上有什么不同，可以吗？

陈秋平：大同小异吧！电影剧本和电视剧剧本最大的不同就是长度不同。电影剧本 3 万—5 万字，电视剧剧本 30 万字以上。由这种篇幅上的不同，影响到相关的一些小的变化。那些小的不同是由这个大的不同而产生的。

首先是结构不同。短故事和长故事，在结构上的诉求就不一样。电影是短故事，所以比较常用线性的结构，也就是纵向的故事。而且，电影的故事切忌复杂和庞杂，毕竟，在短短的 2 个小时内，过多的笔力用在交代和讲清楚过于复杂的来龙去脉，会大大降低这个故事中更有价值的部分，比如人物形象的塑造，比如情感的酝酿等。比如一个人想去做一件事，最后做成了，或者没有做成，这样的纵向故事结构，就适合于电影。然后，对电视剧而言，简单的线性故事就不够了。仅仅写一个人想去干某件事，要写 30 集实在是很难，很单调。于是我们就会想着去加强“横向的故事”。最常见的横向故事，就是人物和人物之间的关系的发展和变化。比如人和人之间的冲突、恩怨、纠结和纠葛等等。此外，长篇故事为了避免审美疲劳，我们还可以在主要人物的故事旁边，加进次要人物（配角）的故事，而形成多条故事线并行发展的故事结构。多线故事的交叉、分离、融合、分岔等，都是很好的故事讲述方式和结构形式。

其次是信息量大小的不同。因为电影和电视剧的观影体验是不一样的，所以对于信息量的需求也不一样。一般情况下，我们看电影是在电影院的影厅（一个黑屋子）里专心致志地观赏，而电视剧是在家里的客厅，光线明亮，会有一些干扰，有人磕个瓜子、有人沏个茶。所以，电影的信息量要求更大一些、节奏要紧凑、要密集一些；电视剧要松一些、节奏要慢一点。电影的对话可能要少一些而视听效果丰富一些；电视剧的对话可能要多一些，而影像和场景变化要少一些。电影的画面要大一些，可以用语言以外的视听效果去营造艺术氛围。电视的画面要小一些（不过现在已经有很大的电视机了），所以更注重讲故事。

商业化程度不同。电影更加类型化和商业化，因为去看电影是要花钱的。电视剧可能就更从容一些，看电视不收钱。观影的人一般也不会那么挑剔，可能宽容度大一些。

所以我们在电视剧里还可以看到一些很艺术的东西，很主旋律的东西，很怀旧的东西。

题材的不同。这是主流观众群的不同而带来的差别，电影的主流观众群年龄偏小，所以题材会更年轻化，更网络化，更时尚化。电视剧的主流观众群年龄偏大，所以会多一些怀旧等适合于中老年人的题材。

总体来说，电影和电视剧是大同小异。

新编剧：陈老师，我的台词写得没有个性，请问怎样去突破呢?

陈秋平：对白（或者叫台词）的个性化，是一个很重要的问题。就是说，不同性格的人会有不同的语言表达方式。在剧本中，不同的人物就会有不一样的对白，这就是你所说的台词的个性化问题。这个问题可以从两方面来看：

一方面，生活中我们的确不同的人讲话有不同的风格和特点，甚至有声调的不同，口音的不同，语速的不同，习惯用词的不同，表达方式的不同等等。总之，我们写影视作品的时候，总不能写成了千人一面，万人一腔吧！

不过，从另外一个方面来讲，台词的个性化，也不能强调过度。毕竟，我们同属于一个人类，我们生活在同一个时代，我们交往的主要是同一类型的人群，所以，我们说话的趋同性，其实远远大于差异性。不要过分夸大语言的差异性，以至于写出来的话不真实，太做作，太生硬，或者让人觉得别扭和怪异，那样也不好。

就是说，我们应该避免两个倾向：一个是千人一腔，一个是矫揉造作对白符号化。

如果你真的感到台词个性化不够，解决这个问题，有两个很简单易行的办法：

其一，你可以借用你生活中熟悉的人做你的模特儿——你把这个熟人想象成你笔下的人物，他怎样说话，怎样接人待物，遣词造句，音容笑貌，全都有了。因为你熟悉你身边的人，所以也就可以把他写得活灵活现了。比如你最好的朋友是一个结巴，你就让他演剧中的男二号。比如你最好的老师是个老好人，你就让他演你的男三号等。

其二，你可以想象你剧本中的角色让你熟悉的某个名演员去扮演。比如你写一个老大爷，你想象让赵本山去演，当然最终是不是赵本山不一定，也不重要。但你可以借用他的形象和说话的方式。你熟悉赵本山的在舞台上的形象和语言，所以你写着写着，就有感觉了。

新编剧：我可以不可以用一些口头禅，或者习惯动作来表现人物个性呢？

陈秋平：口头语和习惯动作都是突出人物性格特点的表现方法，也是写人物个性的好方法，但还是那句话，不能过分，不能做作。举个例子，我们以前创作一个剧本，里面有一个男人是上海人。他就有一个口头禅，形容什么事物很特别，很极致，就用“一塌糊涂”这个词。比如，他会说“那部电影好看得一塌糊涂”，或者“那道菜好吃得一塌糊涂”。这样的人有没有？有的。但这个口头禅也不宜多用，用多了反而让人觉得过于表面化，过于符号化，不是很真实。真实的生活中，那些口头禅其实是不经意中流露出来的，是关键时候情不自禁脱口而出的，而不是随时挂在嘴边炫耀用的。

新编剧：我能不能多用一点人物的习惯动作呢？

陈秋平：为什么要多用呢？为什么要少用呢？用得合适才对！顺便提一个问题，你认为一个人的个性到底是什么？你研究过没有？我们常说，生活中没有两个人是绝对一样的，如同森林里找不到完全相同的两片叶子一样。那么，一个人的个性到底从哪里来呢？这是我们在写作中常常出现困惑。比如，我写一个女孩，特别特别特别的外向。我以为这个是女孩的个性，但转念一想，外向，这本来就不是个性，而是一种共性。因为性格外向的人不是一个人，而是一类人，一群人。比如我们又说，“这个人很粗鲁”，其实粗鲁也是共性，粗鲁的人不是一个，而是一群。那么，个性到底是什么？

个性，用我的说法，其实就是许许多多的共性特征在某一个人身上的叠加。当一个人身上的这些所谓的“共性”叠加到足够的数量的时候，这个人物就不可复制了，就有个性了——这个就是个性和共性的辩证关系。例如，我们设计了一个男人，他 40 岁，只读过高中，当过三年兵，性格比较急躁，也很执着，遇到困难不躲避，迎头上等等，当这些共性特征一直加到三四十个以上，我们几乎就认识这个男人了，就像认识隔壁邻居或多年的好朋友。所以，我们写人物的时候，写台词的时候，所谓的个性，其实就是复合型，或者叫复杂性。单一属性的事物是没有的，每一个事物，每一个人物，都是复合属性的。只有充分地找到了自成体系的复合型，才找到了这个人物的个性。

当然，在写剧本的时候，我们为了把 A 和 B 和 C 加以区别，为了把他们的差别拉大，以便形成强烈的对比与反差，从而能在剧本中写出有意思的冲突戏来，我们在一个或多个人物身上挖掘复合型和复杂性的同时，也要找到他或她身上的性格基调（也叫性格主调）。就是他身上最突出的那个特征，为了便于理解和把握，这个鲜明的特征最好用简单化、符号化的词来表达。

比如：人小鬼大；

比如：胸大无脑；

比如：笑里藏刀；

比如：一根筋；

比如：木讷等。

这样做，不是抹杀人物的复合型，而是配合复合型，这样做了之后，我们的台词也自然而然地有了个性特征了。

新编剧：哦，原来是这样！谢谢老师！

假面舞会——微电影剧本的修改

新编剧：陈老师在吗？

陈秋平：什么问题？

新编剧：我写了个剧本能给看看吗？

陈秋平：什么剧本啊？

新编剧：青春题材的。

陈秋平：多少字？

新编剧：5000 字。微电影的。

（若干分钟后）

新编剧：陈老师，看了吗？

陈秋平：你多大？

新编剧：17 岁，刚 17 岁。

陈秋平：还在读高中吗？

新编剧：嗯，高一。

陈秋平：这个故事没有编好。

新编剧：嗯嗯。老师，故事具体在哪个地方没编好呢？

陈秋平：先说一点，主人公戴着面具去表白爱情，这个想法似乎没有依据，理由不明确，也不高明。

新编剧：我这样写的意思，是想让那位女生跳舞时可以接近她心目中暗恋的男生。

陈秋平：我能明白你这样写的意图，但我觉得一般人不会那样做。假如我就是这个主人公小蕊，根据你对小蕊的设计，我自己都不认为自己长得漂亮，如果我真的想向心中暗恋的男孩表白，我是不会选择使用面具遮着脸的。因为那样的表白没用，就算说完了表白的话，人家也不知道我是谁。如果留了联系方式，将来总要见面，真相终将大白，到时候，我怎样面对那个男生呢？面对他，他会怎样回应我呢？如果他见到我不漂亮，一定不会和我好，那么，我为什么还要去自讨没趣呢？

新编剧：是啊！有道理。

陈秋平：这是第一个问题，利用假面舞会追男生，这个设计有问题，缺乏合理性的说明和交代。第二个问题，就是那个男主人公张赫，他也戴了面具，大家都不知道面具后面是谁（假面舞会就是要达到这个效果），那小蕊怎么知道面具后面就是张赫呢？为什么一下子就被她找到了呢？这个理由没有说出来。如果你加一个细节设计，说小蕊暗恋张赫很久，所以熟悉他的声音，因为在一旁听到了张赫说话，于是走上前去请他一起跳舞，这样写才可以理解。接下来又有问题了，张赫凭什么会对一个看不到面孔的女孩产生好感呢？唯一的解释也是声音。换句话说，张赫一定喜欢上了这个甜美的声音，对小蕊的声音一定印象深刻。那么，舞会后摘掉面具的张赫，绝对不会一下子跟着另外一个女孩走，一定要先听听声音，通过声音辨别认出了那个人是谁，才会跟她走。总之，这个剧本里存在逻辑漏洞比较多。看得出来，你作为编剧，好多地方还没有想明白。一个剧本里的故事必须有严密的逻辑，必须合理。

新编剧：老师，我想的是，张赫是一个喜欢漂亮女生的人，小蕊打扮得很漂亮。

陈秋平：你是说张赫见到她穿得很漂亮吗？一个爱美的男孩，肯定会对穿着漂亮舞裙的女生产生某种幻想，但毕竟是幻想，要见到真人才能确定这个女生是否漂亮，对吧？从另一个角度说，如果张赫见到了长相普通的小蕊而离开了她，小蕊应该感到是意料之中的事情，不会过于难过，更不会过于失落。因为失去一个只喜欢高颜值女生的男孩，不足为惜。

新编剧：我设想的是，在整个剧本里，和张赫一起跳舞的舞伴，以及最后在沙滩上的那个漂亮女孩，都是同一个人。张赫喜欢的是她，而不是小蕊。可是反过来小蕊却痴迷张赫。要知道，爱是没有道理的，不在乎对方是否爱自己。

陈秋平：如果你是这样理解爱的，那就要说到你这个故事的另外一个问题了：主题思想是错误的！价值观是错误的！一个痴迷漂亮男生的小蕊，为了掩盖自己的不漂亮，采取了用面具掩盖真实面容的方法去接近那个男生张赫，并奢望那个英俊男生不重视长相，从而爱上不漂亮的自己。结果发现，那个男生也是一个和他一样只喜欢漂亮脸蛋的人，于是追求失败，感到失落。这样的主题给人很消极，小蕊的恋爱观和价值观也出现了矛盾和混乱。自己注重颜值，而希望人家不注重颜值。这样的女主在恋爱上既自私有肤浅，不值得观众喜欢。她没有追到意中人这样的结局也一定得不到人们的同情。观众会说：活该啊！自己就一味喜欢美貌，还责怪别人喜欢美貌。哼！自己都喜欢漂亮脸蛋，怎么还可以在内心责怪张赫喜欢漂亮脸蛋呢？

新编剧：嗯嗯，是这样的。

陈秋平：我来给你提一个建议，假如这个故事照下面这个方向去讲，也许会好一些。

新编剧：怎样讲呢老师？

陈秋平：从前，有一个长相平平的高中女生，名叫小蕊。她暗恋同年级一个叫张赫的男生。这个男生不仅是人们传说中的高富帅，而且也是一个品学兼优的优等生，各方面都很优秀。很自然，他这种男神级别的人，是许多女孩子心目中的白马王子。他有许多粉丝和追随者，小蕊也不例外，是众多喜欢张赫的女孩中的一员。和别的女孩不一样，小蕊因为对自己的长相不自信，加上性格内向、少女的羞涩和自卑心理，所以，暗恋张赫三年，却只能远远相望，不敢接近他，只是在内心深深暗恋而已。眼看着即将高中毕业，分别在即，就要和自己暗恋的男神各奔东西了，小蕊心中不免惆怅。这种情绪被同宿舍的闺蜜小敏同学看出来了，于是小敏鼓励小蕊勇敢表白。小蕊不敢，也认为不妥。小敏说，既然你爱他，不管成败，都应该去搏一搏，试一试。小蕊说，默默在心中爱一个人也是美好的，她决定冷藏自己这段令人柔肠寸断的单恋。小敏知道小蕊的性格很内向，也很执拗，没有劝她，只好表示理解。这一天，小敏兴高采烈地拉小蕊去看海报——毕业舞会！假面舞会！

新编剧：嗯。

陈秋平：小蕊看了海报之后有几分兴奋，但还是不打算参加。她的难处是因为家里经济困难，没有参加舞会的漂亮衣服。小敏鼓励她参加，并在舞会上表白。小蕊没有直接说出来内心的感受和窘迫，只找了一个“要回家帮妈妈干活”之类的谎话将小敏搪塞过去了。小敏带着惋惜的口吻安慰了她。舞会那天，小蕊独自一人跑到学校的花园里去散步，远处礼堂传来优美的舞曲和喧闹欢快的人声。她远远望着灯火辉煌的舞厅，禁不住自言自语：“如果我能够穿上一件漂亮的礼服，戴上假面，和心中的王子张赫跳一支舞，这辈子就心满意足了。”

新编剧：然后呢？

陈秋平：话音未落，有一个声音悠悠传来：“可怜的孩子，让我来完成你的梦想吧！”这声音突如其来，把小蕊吓了一跳。她转身一看，说话的人竟然是小敏！原来小敏一直跟在小蕊身后，把她的自言自语全听到了耳朵里，所以装神弄鬼，把自己的声音模仿成童话里的仙女说了前面的话。小敏笑嘻嘻地告诉小蕊，其实她已经为她准备了晚礼服——她把妈妈结婚时候的婚纱偷了出来，小蕊穿上一定很好看。

新编剧：原来是这样。

陈秋平：小蕊穿上了那件漂亮的婚纱，戴上假面，忽然出现在舞会中。所有人的眼睛都一亮——只见小蕊款款前行，美丽优雅，慢慢走到舞会的中央。男生们都惊呆了，大家都不敢上前，只好推选张赫。张赫在众目睽睽之下，不好太别扭，勉为其难地上前邀请这位神秘嘉宾跳舞。一曲下来，俩人珠联璧合，赢得大家掌声雷动。接下来音乐再起，众人重新进入了欢快的气氛中。从这时起，张赫就再没有和别的女孩跳舞，他一直拉住小蕊的手不松开，他们尽情地跳着美丽的舞蹈。

新编剧：然后呢？

陈秋平：张赫不离开小蕊，当然是因为她美丽的舞姿，同时，也因为她有动听的声音。但是，更让他不肯松手的，还另有原因。

新编剧：那是什么原因？

陈秋平：刚才你说什么？

新编剧：我吗？没说什么。

陈秋平：你好像问了两次“后来呢”，是吗？

新编剧：是的，我是太期待知道后面的剧情了。

陈秋平：这就对了。

新编剧：怎么了？

陈秋平：我的意思是，讲故事的时候，当听故事的人问："后来呢？"说明这个故事有吸引力了，就是有悬念了。这就是讲故事的方法和诀窍。

新编剧：昂昂。

陈秋平：你刚才的那个故事，我看了，但我并没有急着问"后来呢"，没有一个地方让我这样问，所以我说你那个故事没有编好。好的，是不是要把故事讲回来？

新编剧：嗯嗯。

陈秋平：那讲回来吧——开始跳舞不久，张赫就被小蕊动听的声音迷住了。他一直在发问，希望多听一些小蕊银铃般的笑声和话语声。他问小蕊，"你是本校的同学呢，还是外校来的宾客？"小蕊回答他："我是你的同学。"

新编剧：忍不住又想问了，然后呢？

陈秋平：刚才说了，张赫虽然被小蕊的声音迷住了，但让他不愿意换舞伴的，还不仅仅是因为小蕊美丽动听的声音。那是为什么呢？请听我慢慢往下讲。

新编剧：急死我了。

陈秋平：张赫对小蕊说，"你骗人！我的同学中没有你这样动听声音的女生。"小蕊说，"那是因为平时的我并没有引起你的注意。"张赫问，"为什么？"小蕊："我学习成绩平平，长相也不好看。"

新编剧：然后呢？

陈秋平：张赫呵呵一笑，"你是想说，我是一个只看颜值的花花公子?”小蕊:“你难道不是?”张赫说,“其实,此刻你也看不见我的样子,那我就豁出去承认自己是一个花花公子吧。我也不怕你嫌弃我,因为你不知道我是谁。”小蕊:“我当然知道你是谁。”张赫:“嗯?”小蕊:“还记得那次……”

新编剧:那次?那是啥?

陈秋平:小蕊把嘴凑近张赫耳边,悄悄地说了一句什么,张赫大惊。

新编剧:她说了啥?

陈秋平:这时刚好一曲终了,小蕊说完那句话有些后悔,微微鞠躬,就急着要逃走。

新编剧:啊?!

陈秋平:张赫一把抓住她的手,“你别走!”小蕊还想挣脱,手腕被他捏疼了。张赫忽然意识到这样做很不礼貌,还是松开手。为了留住小蕊,他却诚意十足地说,“别走,请求你!”小蕊心软了,停了下来,犹豫不决。这时舞曲又响起来,张赫转移了话题,“你的舞跳得真好!教教我,好吗?”于是,接下来整个舞会,张赫再也没有换舞伴。

新编剧:究竟是什么情况?张赫究竟对小蕊说了句什么?

陈秋平:一曲又一曲,一曲又一曲,直到舞会结束,小蕊都没有离开张赫。当主持人宣布“舞会到此结束”的一刹那,众人欢呼起来,相互拥抱。张赫转身想拥抱小蕊,却发现小蕊消失了。张赫急坏了,找遍了整个舞会,再没有看到小蕊的身影。

新编剧:消失了?

陈秋平:消失了!逃走了!张赫追到外面,看见一个穿白色婚纱的女孩的背影,他欣喜若狂,追上去一把抓住女孩的手,“你别跑了,我终于找到你了!”那女孩转身过来,摘掉面具,却是小敏。小敏笑着问他："你找我吗?"张赫一看："小敏，怎么是你?"小敏："什么怎么是我? 本来就是我!"张赫："别开玩笑了，我要找今天晚上一直和我跳舞的那个女生! 你知道她是谁?她在哪里吗?"小敏："不知道。我没看见你和什么人一晚上跳舞啊。""你没看见?""没看见，我一直忙着自己跳舞，谁会注意你呢? 更何况，我们都戴着面具。"张赫大失所望，只好放小敏走了。回到宿舍，小蕊已经换下礼服，回归了本色——她依然是那个长相普通的恬淡女孩。此刻的她，脸色绯红，心跳加速，呼吸急促，依然沉浸在先前那幸福的漩涡中。小敏开门进来，见小蕊就惊喜地告诉她，"你成功了! 张赫一直在找你!"小敏鼓励小蕊主动去找张赫。小蕊慢慢冷静下来说，"还是让这份短暂的幸福在我心中保存一辈子吧。"小蕊心里很清楚，刚才的一切都是幻觉，一旦点破，张赫知道舞会上和他厮守的女孩竟然是平凡无比的小蕊，一定会毁掉这份幸福的感觉。自卑依然是小蕊此时主要的内心独白。她对小敏说，"我会祝福张赫，我希望他将来找到自己的幸福。"而大男孩张赫回到宿舍也彻夜难眠，他回忆着这一晚和神秘女孩跳舞的每一个细节，并回忆起与这个女孩曾经的一次擦肩而过的经历。那还是在高一第二学期时候，做企业老板的父亲被人陷害牵连进了一桩诈骗案，公司和家里的经济被警察查封，业务停业，树倒猢狲散，公司濒临破产。对于家人，这无异于一场灭顶之灾。他父亲被调查，母亲恰好在此时重病住院。世态炎凉，父亲之前的朋友和父母的亲戚都怕被牵连进去，唯恐避之不及。张赫好不容易凑齐了母亲的手术费，却山穷水尽，连学费和伙食费都交不起了。危难之际，却在课本里发现了一个信封，娟秀的笔迹告诉他，这是一个女孩写的。信封里没有多余的话，只希望他收下里面的钱，安心学习，渡过难关。

新编剧：可是小蕊的家境不好，没有钱啊！

陈秋平：小蕊的家庭经济条件的确不好，但她是一个自立的孩子。正因为家境不好，她一直在外做兼职家教，这些钱是她几个月攒下了的。除了简单的留言，信中没有留下姓名和其他任何信息。张赫从床头抽出那本书，打开来，那个有着娟秀笔迹的信封赫然出现在眼前。他拿起手机，打开微信，找到了张敏的头像，打下几个字：张敏，明天我想见见你……。

毕业生都离校了，小蕊是最后一个离开的。没有人来接她，她整理好自己的行李，用一辆自行车驮着，吃力地往学校门口走。出了校门，她回头依依不舍地回望了一眼自己的母校。这时，一只手有力地帮了她一把，斜倚的自行车直了起来。她回头一看，帮他的人竟然是……

新编剧：张赫?

陈秋平：是的。小蕊："你?"张赫："我知道就是你!"

新编剧：他怎么知道的?

陈秋平：小蕊说，"不是我。"张赫说，"不要相信闺蜜，她们也会叛变的。"小蕊说，"是小敏?"张赫说："其实，你是不是假面舞会上那个仙女般的女生并不重要，重要的是，你是我三年来一直在找的那个人!"小蕊没说话。张赫说，"我真心希望，你也是我未来要找的那个人。"小蕊慢慢抬起那张长得并不算漂亮却依然可爱的面孔，绽放出彩霞般红润的光芒。剧终!

新编剧：哦，原来是这样!

陈秋平：我这样讲完了这个故事，并不是说这个故事有多好。我只是想通过这个有点模仿童话的故事模板，告诉你一些写作方面的规律和方法。如果一定要对比一下前后两个故事的差别的话，大概现在这个故事至少有了以下几个优点：

1. 主人公小蕊是一个可爱的女孩，她的情感是美好的，心地是善良的；

2. 人物的动作是符合逻辑的，是合理的。

3. 小蕊有一个愿望，要和自己暗恋的男孩跳一支舞；

4. 小蕊的愿望并不是那么顺利，有各种阻碍和变数；

5. 小蕊喜欢的男生，也是一个品学兼优的值得喜欢的人；

6. 在整个故事的大部分时间里，小蕊是否能达到目的，充满了悬念和变化；

7. 最终小蕊达成了心愿，说明了一个有正面价值的主题：真正可爱的，不一定是美貌，而是美德。

新编剧：太感谢陈老师了！我明白了许多讲故事的方法。

这个故事不好看

新编剧：陈老师，在吗？我写了个微电影的剧本，能不能请您帮我看看，有什么不足的地方，请陈老师指点一下。

陈秋平：你的剧本看了，但这个故事没意思！

新编剧：怎么说呢？能说得具体一些吗？

陈秋平：我想先问一下，你自己觉得这个故事有意思吗？

新编剧：我自己也觉得故事很平淡。

陈秋平：你自己都觉得平淡，那就用不着我提意见了。

新编剧：我现在写出来都觉得有点平淡，但是写的时候还觉得蛮好的。而且，我真的想把这个故事讲好，只是不知道怎么改进。

陈秋平：你的故事不是有点平淡，而是非常平淡！从你的故事看来，你还根本不懂写故事的方法。你可能没有看过我的讲座，也没有读过我的文章（讲写作的那些文章）。

新编剧：好像我最近写的几个故事都是这种情况。

陈秋平：那你还是先学习一下怎样写故事。

新编剧：陈老师，怎样既把导演的想法写出来了，又能使这个故事精彩呢？我现在就是容易跟着导演给的思路写，完全忘记了怎样去设计矛盾冲突等等。然后这样写出来的东西，自己不满意，但是对方觉得也就这样，居然他们还觉得可以用。

陈秋平：你的意思是说，导演反对把故事写精彩？既然他觉得可以，你自己也觉得可以，那就可以吧。

新编剧：我感觉导演不是很懂故事。

陈秋平：他不懂故事，那就得全靠你啊。

新编剧：针对这样一个故事，如果是老师，您会怎样处理呢？

陈秋平：不是我怎样处理，而是故事是什么，你得弄清楚。故事，就是变化，就是曲折，就是想不到。按照你现在的写法，一个漂亮的女职员，在微信上爱上一个男人，这男人恰好是自己的新上司，更恰好的，他还是老板海外归来的儿子，高富帅！当然，可想而知，一见钟情，一路顺风，老板对这个女职员（未来的儿媳妇）也觉得无可挑剔。然后两人便走进了结婚的殿堂，从此他们就过上了王子与公主一般幸福的生活……这样的故事叫作“顺撇”的，它好看吗？谁会愿意来看一个一路顺风、万事大吉的故事呢？

新编剧：没人愿意看这种故事的。

陈秋平：这个不是故事！故事是什么？故事就是写好人受苦，好人受难，好人受委屈，好人受尽折磨。你都不折磨你的主人公，谁看你的剧呢？在生活中，我们会为亲人或友人祝福，祝他们一路顺风，一路平安，万事如意。在戏里，在剧本里，我们的任务是相反的，就是整死他！或者整死她！不能让他们过得舒坦，要让他们死不了，也活不好。要让他们痛不欲生，欲哭无泪，生不如死。直到最后一刻，才能让他们获得幸福。记住，是最后一刻！

新编剧：嗯，我就喜欢这种的故事。

陈秋平：你就喜欢曲折的故事？那你却写这样顺风顺水的故事，为什么？这样的故事谁看？反正我不看。你是一个“口头革命派”，口头上宣称喜欢这种故事，自己却写另外一种故事——口头革命派！这样的故事，你写100个，也都是废纸！一文不值！

新编剧：嗯，我自己也不喜欢自己写的故事。

陈秋平：既然你不喜欢这样的故事，那你干吗还拿它来折磨我？拿你这个稀松平常的故事来折磨我，你于心何忍啊？

新编剧：面对现在这样的故事，我该从哪里着手去修改呢？

陈秋平：还是首先从你自己着手吧！你必须先彻底改变你自己！你必须变成一个心狠手辣的人！像你现在这样“心慈手软”是没戏的。我无法告诉你怎样写，但是你如果让自己狠下心来，你自己都知道该怎样写了。男主人公要什么，你偏偏不给他什么；女主人公害怕什么，你偏偏给她什么。

新编剧：哦，懂了。

陈秋平：男一号的好，女一号根本看不到；女一号的好，被男一号误解，被误当成坏。总之，你必须学会在他们俩中间“挑拨离间”，必须学会瞎折腾，必须学会捣乱。

新编剧：是不是我必须先变成灰姑娘的后妈？

陈秋平：你必须砸锅、揭短、话中带刺、绵里藏针、阴谋诡计、心怀叵测……

新编剧：变成小人，给他们的爱情使绊？

陈秋平：你得是一个“坏人”！你当不了“坏人”，就当不成好编剧。

新编剧：谢谢陈老师，我知道自己的问题出在哪了。

陈秋平：你如果不“坏”，我们怎么会知道男一号好呢？你不“可恨”，我们怎么知道女一号可爱呢？对于你的故事，我什么都没说哈。我也没有教你怎样修改你的剧本，对于你的剧本，反正我没有责任。我才不管你写得好不好呢！我只是想告诉你，你的故事不好看！我不喜欢！

新编剧：嗯，我知道该怎么写了。

新编剧：谢谢陈老师！

关于写爱情故事的几点建议

新编剧：陈老师，我正在构思一个爱情题材的电影剧本，反复开过头，也写了一部分，自己总是觉得不好看。一想到爱情故事如今已经全面被人写得差不多了。失恋的，热恋的，男抛弃女的，女抛弃男的，三角的，四角的……各种角度写的，什么都看过了，什么都不稀奇了，如果我再写，真不知道从哪里下手，怎样才能在爱情题材上写出不一样的东西呢？我特别想听听老师的建议。

陈秋平：的确，你说的很对！爱情故事已经被前辈们写得太多太多了，就像爱情歌曲一样，什么角度，边边角角，似乎都被人写过了。那么，到底还能不能写呢？答案当然是肯定的。问题的关键是，正如你所提及的，到底怎样写出“不一样”的作品？我不敢说我有能力指导你怎样写，但我可以给你一些建议。

新编剧：好的，太感谢陈老师了！

陈秋平：好吧，那我就开始讲了。请注意以下几点，如果理解并用在写作实践中，可能会有一些帮助。

1. 强设置——人物设置（也叫设计），尤其在设计男女主人公的时候，要注意他们之间的对比与反差，一定要尽量拉开距离，让反差强烈些，更强烈些！无论哪一种差异或对比，一定要找到，并加以强化。比如从男女的对比和对峙来看，穷与富，高与矮，胖与瘦，民族不同，国籍差异，年龄反差，文化冲突，性格摩擦，社会等级和阶层的距离，美与丑争斗等。有落差，才有压力；有不同，才有冲突，才有戏剧性；有对比，才有烈度和张力，尤其在爱情故事里，更是如此。

2. 人物性格的独特性——爱情故事的套路是大同小异的，所以，爱情故事要写好看而又不雷同，只有在人物性格的塑造上下功夫。任何一个特定的个人，他（或她）在经历爱情的一系列"固定节目"时，由于自身性格的独特性和唯一性，其反应和表现都是不同的。什么是爱情的"固定节目"？比如：相遇、发展、心动、表白、相思、亲密、纠葛、分手等等，这些过程许多都是固定的。节目是相同的，但人物因为性格迥异，对应和表现是不一样的。这种不一样，完全来自两位主人公独特而唯一的性格（这个性格包括多重社会属性，不仅仅是内向外向那样简单的"性格"）。我曾经假设过一个例子：我的一个朋友，去了一趟澳大利亚，在大洋路上走了一遭，偶遇一美女，发生了一段浪漫的爱情。他回来后就给我讲了这个爱情故事，让我非常感动，也让我非常羡慕，并激发了我的行动——之后我根据他提供的攻略，也去了一趟澳大利亚，也沿着他的足迹走了一趟大洋路。我的运气一样的好，也和一个美女发生了一段浪漫的恋爱（不要误会，是虚构的哈）。回国后，我把这两个故事都写了出来。你猜猜，这两个故事会雷同吗？当然不同！虽然攻略是模仿的，节目是一样的，但故事却不同。这种情况有点像时下常在电视台里播出的真人秀节目，同样的游戏程序，却发生了不同的过程和结局。关键是，大家竟然还都爱看，不觉得重复或模仿。这是为什么呢？当然是人物不同，人物性格迥异。

3. 细节——爱情戏的出彩往往不在于恋爱经过如何波澜壮阔，也不在于情节设置有多么离奇古怪、曲折复杂，而在于“细雨润无声”的奇妙细节中。为什么这样说呢？有一个重要的原因：当观众看一部爱情电影的时候，势必出现男女主人公，无论你暗示，还是明示，结局基本上是可以猜到的——俩人最终一定相爱了，有情人终成眷属，大团圆。换句话说，男女主角是否能好成，这个总悬念是不存在，也是靠不住的！既然总悬念（结局）不好看，没什么期待，那就看过程喽。而过程，就是由一系列细节一点点构建而成的。细腻入微，切肤之感，是爱情故事的绝妙之处。

4. 心理——所有的美好爱情都包含了复杂、迷离、不确定、彷徨、纠结、矛盾、自卑与自信等等心理因素。这个现象是普遍存在的，究其心理机制的成因，其实是人类在进化成长过程中，在长期大量的求偶经验中，渐渐固化在人类基因里的一些选择策略和攻略的积累和沉淀。将这种心理基因真切而细致地表现在影视作品中，鲜活而准确地展示出来，自然就会成功。心理越复杂越微妙，这段爱情越好看。

5. 节奏——爱情故事比起其他的故事，更讲究内在和外在的节奏。优秀的爱情故事，就是一首美妙的乐曲。（陈老师，节奏，在这里是不是说是事情的反复起伏？变化？）是的，包括情节的起伏，使我们看电影的时候，感受到快慢相间、张弛有致、起伏跌宕、强弱相随。

6. 极致——这是“强设置”的结果。没有极致的爱情故事，总归是平淡无奇的。那样的故事，必然缺少了商业性和娱乐性。也许有些“文艺片”的爱情片可以娓娓道来，漫不经心，沉默枯燥，但在这里我们不讨论文艺片。大多数编剧希望通过写戏赚钱。他们不想成为穷困潦倒、朝不保夕的文艺片编剧，他们想得很多的是写剧本，卖剧本，然后养家糊口、买房买车、娶妻生子、周游世界。所以，我们不要稀松平常，我们要极致性！我们不要一帆风顺，而要波澜壮阔！不过，这里想强调补充一下：极致性不能表面化！所有的极致，都是相对的极致，而不是外在的、抽象的和宏观的极致。所以，自杀、绝症、失忆、车祸这样的“外在极致危机”要慎用。不是绝对不可以使用，而是必须找到具体而合理的依据，并配以充分的细节。比如绝症，用突如其来的绝症制造最后的高潮，是廉价的极致。如果真的要写绝症，就写出彩来，就写出充分的细节，并让细节在情节发展中起到不可或缺的作用。当然，更多的极致其实是来自于具体的规定情境。如果前面太平淡，后面就需要一个巨大的逆转，这种“平淡”的其实是为了后续的煽情重场戏而做的铺垫，要不然平淡就没意思，没意义了。什么是极致的设计呢？比如，瑞典公主在意大利失踪（电影《罗马假日》），就是极致的；比如，美国大明星在英国小镇上和一个小书店老板的一夜情（电影《诺丁山》），就是极致的。最后再给大家提一个建议——

7. 大团圆结局——爱情故事（其他故事也差不多），大体有三种结局：第一种是大团圆的，就是有情人终成眷属；第二种是悲剧的结局，男女主人公最后选择分手，或其中一人死去（或游学国外）；第三种是开放式的结局，到底男主人公和女主人公最后在一起了没有？不置可否，让观众去猜。对于爱情片，我的建议是：写大团圆结局！即便写后两种，也要给观众大团圆的倾向或暗示。为什么呢？你可能会说，现实生活中，爱情的结局是多种多样的，为什么到了剧本里非得大团圆呢？其实，不是不能写悲剧结局，而是考虑到商业性，慎用悲剧结局。影视史上的确有过许多成功的经典作品是悲剧结局的，那得积累许多因素，而且比较冒险。90%写大团圆吧！如果真的要写悲剧结局，写遗憾的爱情，写让人撕心裂肺、捶胸顿足的爱情，那要把前面的功课做足。以前的老编剧写剧本，都用大量的铺垫层层设局，到悲剧大结局那个人见人爱的主人公死去（或离乡背井）时，就十二万分的荡气回肠、热泪奔涌了。这样的悲情故事，最好用大家酷爱的明星来演男女主人公，这是要让人哭得死去活来的节奏啊！《蓝色生死恋》，就属于这种10%的悲剧结局。

为什么我建议大家尽量写大团圆结局？嗯，那是因为观众都喜欢看大团圆。

还有一种写法，我们叫作“好莱坞式安慰性大团圆结局”，这样的影片，其实应该是悲剧的结局，甚至自从悲剧情节出现时，影片就应该结束了的。例如，其实表面上男女主人公是一个分手的，或死人的悲惨结局，但给一个类似于“偶遇”的幸福尾巴，这样的方法被经典作品使用得很多。这个幸福的尾巴，就是安慰性的结局。从本质上讲，自从男女主角分手（或其中一方死亡之后），故事就应该结束了。但编剧害怕观众太伤心，所以安排最后一场戏来一个重逢或重生，安慰一下广大观众的脆弱的玻璃心。对，《梁山伯与祝英台》《分手男女》《北京遇上西雅图》就是那样的，它们都有安慰性结局。

好了，对你的故事就这些建议了。

新编剧：谢谢了，陈老师辛苦！